बोल काश्तकार

संदीप मील

राजपाल

₹ 250

ISBN : 9789393267214

पहला संस्करण : 2023 © संदीप मील
BOL KASHTKAR (Stories) by Sandeep Meel
मुद्रक : शिव शक्ति प्रिंटर्स, दिल्ली

राजपाल एण्ड सन्ज़

1590, मदरसा रोड, कश्मीरी गेट, दिल्ली–110006
फोन : 011–23869812, 23865483, 23867791
e-mail : sales@rajpalpublishing.com
www.rajpalpublishing.com
www.facebook.com/rajpalandsons

उन किसानों के नाम
जो खेती बचाने के लिए
क़ुर्बान हो गए

क्रम

बोल काश्तकार

पिछले हज़ार सालों का अलिखित इतिहास श्रुतियों के सहारे चलकर नीर तक आया था। हल बनाना, बीज संरक्षित करना और खेती के औज़ार बनाने जैसी काश्तकारी की सारी बातें उसने किताबों से नहीं सीखी थीं, बल्कि अपने बाप और दादा से सुनी थीं। उसके बाप-दादा ने अपने बाप-दादा से सुनी थीं। किताबों में उनका ज़िक्र नहीं था और जिन बातों को किताबों में ज्ञान के तौर पर स्थापित किया गया था, वे कभी नीर के समाज के लोगों के काम नहीं आईं। उसने बहुत लोगों की तरह सिर्फ़ अपने बाप-दादा की ही बातें नहीं सुनी थीं, बल्कि माँ-दादी के दुख-दर्द के किस्से भी सुने थे।

बहुत गहरी अँधेरी रात है और रेगिस्तान में चलने वाली हवा में घुली माटी मालूम नहीं काबुल से आयी है या कंधार से, आँख में भी रड़कती नहीं है। पाउडर की तरह चेहरे पर एक नई परत चढ़ा देती है और जब हाथ से चेहरा साफ़ किया जाता है, तब जाकर इंसान का असली रूप सामने आता है। नीर ने अपना चेहरा साफ़ नहीं किया। उसके गाँव के सारे लोग घरों के अंदर दुबक गए हैं और खिड़कियाँ-दरवाज़े सब बंद कर चुके हैं। मकान में कहीं कोई सुराख भी दिखा कि उसमें भी कपड़े ठूँस दिए जाते। गर्द की इस घुटन में दम निकलने को है लेकिन दरवाज़े खोले नहीं जा सकते। आँधी में छोटे पत्थरों से लेकर लोहे के डिब्बे और न जाने क्या-क्या उड़ रहा था, सर में लग जाए तो इंसान वहीं दम तोड़ दे। चोट लगकर मरने के डर से लोगों ने दम घुटकर मरने का चुनाव कर लिया था।

नीर के घर के सारे दरवाज़े और खिड़कियाँ सब खुले थे। हवाओं पर कोई बंदिशें नहीं थीं और घर में ऐसी कोई वस्तु नहीं थी जिसे हवाएँ उड़ा पाएँ। घर का अधिकांश सामान बहुत पहले बिजली बिल, बैंक कर्ज़ चुकाने

और बीज-खाद खरीदने में बिक चुका था। हालाँकि उसकी दादी और माँ के कुछ गहने बहनों की शादियों में दहेज देने के समय भी बिके थे लेकिन बाकी घर का सामान खेत खा गया था और खेती में उनके खाने के लिए कुछ बच नहीं रहा था।

इस अँधेरी और आँधी की रात में वह अपने चौक के बीच में एक चारपाई पर सो रहा था जहाँ पर उसे आज कोई आँधी तो क्या तूफ़ान भी नहीं हिला पा रहा था। यह चारपाई ही बची हुई एकमात्र चीज़ थी जो सूत से बनी हुई थी और अधिकांश सूत टूटकर नीचे लटक रहा था, अपने मुल्क की गरीबी की तरह। चंद डोरियाँ बची थीं जिन पर यह पचीस साल का सूखी हुई देह का जवान सो रहा था, जिसकी काली घनी दाढ़ी में वो रेत, जो काबुल से आई होगी या कंधार से, ने कब्ज़ा जमा लिया था। वह याद कर रहा था अपने दादा की सुनाई हुई एक कहानी।

वह कहानी मुल्क की आज़ादी के दौर की थी और उसके दादा जागेराम बताया करते थे कि वे इस गाँव में जब आए थे, तब सारी ज़मीन पर ठाकुरों का कब्ज़ा था। जागेराम चरवाहे थे और उनके कबीले में काफ़ी पशु थे। वे भैंसों, गायों और ऊँटों का एक पूरा दल रखते थे जिसे हरियाली के इलाकों में चराया करते थे। इस गाँव का नाम राजगढ़ था और उस समय डाकुओं के प्रमुख निशाने पर था यह गाँव। एक तो यह गाँव समृद्ध था और दूसरी वजह यह थी कि यहाँ के लोगों में साहस नहीं था। कहने को तो बहुत से वीर और बहादुर थे तब भी इस गाँव में, लेकिन आप कल्पना कीजिए कि दो डाकू एक बंदूक दिखाकर पूरा गाँव लूट ले जाते थे। जागेराम के बारह भाई थे और सब के सब एक से बढ़कर एक लड़ाकू थे। लाठी चलाना तो ऐसा आता था कि सामने वाला बंदूक की गोली भी न मार पाए। उनकी महिलाएँ भी उतनी ही ताकतवर थीं और पुरुषों के साथ बराबर का काम करती थीं।

जब जागेराम का काफ़िला राजगढ़ से होकर गुज़र रहा था तो गाँव के ठाकुरों ने डाकुओं से लड़ने के लिए इन्हें वहीं बसा लिया। बसने के लिए ज़मीन दे दी और खेती के लिए सामंत की ज़मीन पर बटाई करने लगे। सारा कबीला ही बहादुरी के साथ मेहनती और कलाकार था तो ज़मीन सोना उगलने लगी। खूब फ़सल होती, जिससे ठाकुर भी खुश था और ये खुद भी। इस गाँव का

पहला कुआँ भी इन भाइयों ने ही खोदा था। रात में दूर से गाड़ियों पर पत्थर लादकर लाते थे और दिन में कुएँ की खुदाई करते थे। नीर को याद है कि जब भी उसे कहानी सुनते-सुनते नींद आती तो जागेराम कहा करता था कि वह कुआँ पूरे साठ दिन में खुदा था और इस दौरान पूरा परिवार मुश्किल से साठ घंटे ही सोया होगा। उसे अपने दादा की बात पर भरोसा तो था लेकिन साठ घंटे सोने वाली बात कम ही हज़म होती। वैसे उसने देखा था कि जागेराम इस उमर में भी कई दिन बिना सोये निकाल देता था।

''ज़िन्दगी में एक बात गाँठ बाँध लेना कि काश्तकार राम के मारे से नहीं मरता, राज के मारे से मर जाता है।''

अचानक नीर को जागेराम का यह सूत्र वाक्य सुनाई दिया। लेकिन वह जानता था कि दादा तो मर चुका है, यह आवाज़ तो उसकी स्मृतियों से आई थी। वह 'राम' का मतलब हमेशा प्रकृति से ही लगाता था, क्योंकि उस समय रेगिस्तान के साथ अकाल का स्थायी याराना था। बारिश अच्छी होकर फ़सल को काट लेना काश्तकार का बड़ा सपना होता था। खूब अकाल पड़ते थे और कई लोग भूख से मरते थे, तब जागेराम कहता था कि काश्तकार राम के मारे नहीं मरता। उसने तो अपने बचपन में वह अकाल भी देखा है जिसमें लोग पेड़ों की छाल खाकर ज़िन्दा रहे थे। मौत से हारे नहीं थे।

नीर की आँखें बंद थीं और उन पर भी माटी की एक परत जम चुकी थी। आँधी उसी गति से चल रही थी। वह उस चारपाई पर सोया हुआ किसी प्राचीन सभ्यता के कंकाल की तरह दिख रहा था जिस पर सदियों से गर्द चढ़ी हुई हो। साँस लेने के वक्त उसका पेट हिलता, तब जाकर मालूम होता कि यह कंकाल नहीं बल्कि ज़िन्दा इंसान है। आज बिलकुल उल्टा हो रहा था। नीर के जिस्म पर गर्द चढ़ रही थी और उसकी आत्मा से गर्द उतर रही थी। वह वर्तमान के घने अँधेरे में खड़ा होकर अपने अतीत से संवाद कर रहा था। खोज रहा होगा मुक्ति के कुछ रास्ते। कहीं कोई सूत्र मिल जाए ज़िन्दगी का। उसने फिर से यादों के तार जोड़े और पलभर में पहुँच गया जागेराम के पास। जागेराम के पास नीर जब गया है तब उसकी उम्र करीब सतावन साल की थी और कहीं भी चेहरे पर झुर्रियों के निशान नहीं थे। सफ़ेद धोती और कुर्ता देखकर आप उसकी अच्छी माली हालत का अंदाज़ा लगा सकते हैं। नीर

ने कहा, ''दादा, फिर ज़मीन पर आपका हक कब हुआ?''

जागेराम ने कथा को फिर शुरू किया। खूब मेहनत के कारण तरक्की हुई और गाँव में अच्छी पूछ होने लगी। उस कबीले के एक युवा प्यारेलाल, जो जागेराम का भाई था, उसे ठाकुर की लड़की से मोहब्बत हो गई। यह बात पूरे गाँव को मालूम थी सिवाय प्यारेलाल के परिवार और ठाकुरों के परिवारों के। जैसे प्रेम कहानियों में होता है, वैसे ही एक दिन इनके परिवारों को भी यह बात मालूम चल जाती है और ठाकुरों ने प्यारेलाल के साथ उस लड़की को भी गोली मार दी। स्थायी बसने के बाद जागेराम के कबीले की यह पहली शहादत थी जो प्रेम के लिए दी गई थी। उसके बाद ठाकुरों और इनके परिवारों में एक घोषित युद्ध चलने लगा। पूरा गाँव भी अपने स्वार्थों के मुताबिक दो धड़ों में बँट गया था। ठाकुरों ने इन्हें अपनी ज़मीन पर खेती नहीं करने दी। ये एक बार फिर काश्तकार से पशुपालक हो गए थे।

ठीक उसी वक्त मुल्क में आज़ादी की जंग चल रही थी और जागेराम का एक बड़ा भाई सेवाराम गाँधीजी का अनुयायी हो गया और दूसरे एक भाई उदयवीर ने इंकलाबी राह अपना ली। इलाके में ज़मींदारों के खिलाफ़ किसान खुलकर विद्रोह करने लगा। उदयवीर मुख्य नेता था और उसका साथ दे रही थी उसकी पत्नी लीला देवी। वह महिलाओं को संगठित करने की कोशिश करती, मगर कामयाबी कम ही मिलती। उस दौर में महिलाओं के पर्दे से बाहर आने पर पाबंदी थी। ज़मींदारों के पास पूरी ताकत थी और वे आसानी से अपनी ज़मीन छोड़ने वाले थे नहीं। विरोध करने वालों पर गोलियाँ चलाईं। लीला देवी शहादत को प्राप्त हुई।

फिर मुल्क आज़ाद हुआ और ज़मीन के बँटवारे में इनको अच्छी ज़मीन मिल गई। अब वे फिर से किसान हो गए। आज़ाद देश में अपनी ज़मीन के हक के साथ उत्साह से खेती करने लगे, नई तकनीकों के माध्यम से। अनाज खूब होने लगा और सुख की बहार आ गई। पहले जैसे ये ठाकुरों की ज़मीन पर काम करते थे वैसे इनकी ज़मीन पर दलित काम करने लगे। सेवाराम ने अपने जीवन को जन सेवा में लगा दिया था। मृत्युभोज भी पूरे इलाके में सबसे पहले इस परिवार ने बंद किया था और उस समय समाज में इसकी बड़ी निंदा हुई थी। जागेराम सुख की मौत मरा।

अब आँधी बंद हो चुकी थी जैसे कि सीमा पर कोई दीवार चुनवा दी। बिजली चमकने लगी। बिजली की रोशनी जब नीर के आँगन पर पड़ी तो वह वैसा ही शांत सो रहा था। आप सोच रहे होंगे कि यह नीर इतना निढाल होकर आँधी में एक चारपाई पर शांत क्यों पड़ा था? असल बात यह है कि उसके सारे डर खतम हो गए थे। मौत का खौफ़ तो बिलकुल भी नहीं था। उसके पिता वाला किस्सा...हाँ...पिता की मौत वाला किस्सा। अचानक उसके मुँह पर बरसात की एक बूँद गिरी तो बहुत हल्की-सी भाप भी उठी थी। ऐसी भाप इंसानों के गर्म जिस्म पर पानी गिरने पर उठा करती है, हम उसे देखते नहीं हैं या महसूस नहीं करते हैं। नीर ने अपने तपते हुए जिस्म से उठी इस भाप को महसूस किया। यह भाप उसे वैसी ही लगी जैसी लोहार जब गर्म लोहे को पानी में डालता है तब निकलती है। पानी की इस बूँद ने माटी लगे हुए चेहरे पर अपना नक्शा बना दिया। पानी की बूँद का यह नक्शा चेहरे पर तिल से ज्यादा फब रहा था। आज नीर की प्रेमिका होती तो...प्रेमिका वाली बात फिर कभी...

''आप पहले अपने पिता की मौत का कोई किस्सा सुना रहे थे?''

यह सवाल भी नीर के मन के किसी ऐसे गहरे कोने से उभरा था जो उसकी स्मृतियों के चिंतन को नियंत्रित करता हो। जो उसके सपनों को किसी पटरी पर ले जाता हो। जो यादों को कल्पनाओं के भंवर में बहने तो देता है पर बहकने नहीं देता। उसी मन के कोने से सवाल आया था। नीर ही क्या कोई दूसरा इंसान होता तो वह भी इस सवाल को टाल नहीं सकता था। बचकर नहीं जा सकता। उसने भी जवाब दिया और जवाब में वह अपने दादा के बाद बाप की पीढ़ी पर आ गया।

वैसे तो हर इंसान को अपना बाप खूबसूरत ही नज़र आता है और मर्द को तो विशेष तौर पर। जब से होश सँभालता है तब से परिवार में अधिकांश तारीफ़ें अपने बाप की ही सुनता है। लेकिन नीर के दिमाग में उसका बाप कोई जादू का इंसान या सुपरमैन होने के बजाय एक बहुत साधारण से किसान के रूप में दर्ज है। जिसके कंधे पर एक गमछा हमेशा मौजूद रहता हो और समय पर धोये जाने के बावजूद भी यह गमछा अपने पर लगे पसीने के निशान नहीं छुपा पाता। बारह महीनों इसे उसके पिता के कंधे पर देखा जा सकता था। यह

गमछा खेत जाते समय कंधे पर हल के नीचे देने, बोझा उठाते वक्त सर के नीचे देने और खेत में दोपहर को खाना खाते समय नीचे बिछाने जैसे बहुत-से कामों में उपयोग में आता। उसके पिता चाँदसिंह की कल्पना इस गमछे के बिना नहीं की जा सकती थी।

माँ का नाम तुलसी था और वह सामान्य घरेलू महिला थी। पढ़ाई के नाम पर कभी स्कूल नहीं गई थी लेकिन साक्षरता अभियान वालों ने नाम लिखना सिखा दिया था। वैसे वह कपड़ों पर कढ़ाई के काम में आस-पास के इलाकों में मशहूर थी। जो फूल या अन्य आकृति कहीं भी एक बार देख लेती, उसे ज्यों-का-त्यों उतार देती। अपना नाम लिखना भी उसने इसी विधि से सीखा था।

चाँदसिंह और तुलसी का ब्याह बहुत कम उम्र में हो गया था। जब तुलसी इस घर में बहू बनकर आई तो उससे दुल्हन के कपड़े भी नहीं सँभाले जाते थे। चाँदसिंह को धीरे-धीरे घर की सारी ज़िम्मेदारियाँ लेनी पड़ीं और खेती का सारा काम उसके हिस्से ही आ गया।

दो फ़सलें होती थीं। एक बारिश से और दूसरी सिंचाई से। राजगढ़ गाँव के अधिकांश लोग खेती पर ही निर्भर थे। कुछ लोग थे जो नौकरी करते थे। ऐसा भी उस समय देखने-सुनने में आया था कि खेती के लिए लोग छोटी-मोटी नौकरियाँ छोड़ देते थे। ऐसी नौकरियाँ तो बिलकुल नहीं करते जिसमें घर से दूर जाना होता, जैसे फ़ौज की नौकरी। हर घर में यह सुना जाता था कि बाहर की एक रोटी और घर की आधी रोटी बराबर होती है। लोग घर की आधी रोटी पर सब्र करके इत्मीनान से ज़िन्दगी गुज़ार देते। लेकिन धीरे-धीरे उस आधी रोटी का आकार भी सिकुड़ने लगा। काश्तकार समझ ही नहीं पा रहा था कि उसकी रोटी छोटी क्यों होती जा रही है। जिस रोटी से वह आराम से अपना परिवार पाल लेता और किसी परेशानी के वक्त दूसरे की सहायता भी कर देता, आज उसी रोटी से उसका खुद का पेट भी नहीं भर पाता है।

अब बारिश की बूँदें तेज़ हो गई थीं और ठंडी भी थीं शायद। पानी से धुलने के बाद उसके चेहरे पर बचपन की उमंग साफ़ देखी जा सकती थी। वह यादों में अपने उस बाप से मिल रहा था जिसने इस खेती को सींचने के लिए अपने पसीने की हर बूँद निचोड़ दी थी लेकिन खेती उसका जीवन नहीं

बचा पाई। वह ज़िन्दा होता तो नीर की आँखें दुखभरी नहीं होतीं। चाँदसिंह उसकी आँखों के पलभर के बदलाव को महसूस कर पाता।

तुलसी की कथा चाँदसिंह से पहले खतम हो गई थी, वह भी उतनी ही दर्दनाक थी। माँ का चेहरा यादों की गहरी पोटली से निकलते ही नीर की बंद आँखों के दोनों कोनों से बाहर पानी बनकर टपक पड़ा। नीर के मन का नीर बरसात के नीर में मिल गया। एक गर्म था और दूसरा ठंडा। दोनों ही आँधियों के हज़ारों थपेड़े सहते हुए आए थे। वे बिछुड़ गए थे। एक पानी के सागर से और दूसरा मन के सागर से। अब आप अलग नहीं कर सकते कि यह आँख का पानी है और यह आकाश का। गर्म और ठंडा भी नहीं पहचान पाएँगे। दो छोटी बूँदों से एक बड़ी बूँद बनकर उस चारपाई की उन टूटी हुई लड़ियों के सहारे ज़मीन पर टपकने लगी। बड़ी बूँद ने लड़ी का मैलापन भी अपने साथ ले लिया। जिधर से गुज़री, उसे साफ़ करती चली। तभी तो तुलसी कहा करती थी कि आँसू मन को साफ़ करते हैं। वे मन पर जमे खारेपन को धोते हैं, तभी तो उनका स्वाद नमकीन होता है।

नीर समझदार हो गया था। वह यह देख पाता था कि उसके आस-पास के मर्द और औरतें आपस में रोज़ाना कोई-न-कोई झगड़ा कर लेते हैं। मंडी के व्यापारी ने अनाज के दाम अच्छे नहीं दिए तो मर्द घर आकर औरत को पीटने लगता। जबकि इसमें उसकी कोई गलती नहीं होती। लेकिन गुस्सा तो लोग कमज़ोर पर ही निकालते हैं। वही सहता है सब जुल्मों का आख़िरी दर्द। लेकिन उसके माँ-बाप में बड़ी मोहब्बत थी। सुबह चाँदसिंह जल्दी खेत में जाता और सबसे पहले पूरे खेत का एक चक्कर लगाता। रात को खेत की सीमा में कोई जानवर भी आया होता तो वह पैरों के निशान से आसानी से पहचान लेता। उसकी एक काबिलियत तो इतनी शानदार थी कि लोग आज भी चर्चा करते हैं। वह गज़ब का खोजी था। 'खोजी' इस इलाके में लोगों के पैरों के निशान पहचानने वाले को कहा जाता है। वह अपने आस-पास के आठ-दस गाँवों के लोगों के पैरों के निशान तुरंत पहचान लेता। निशान देखकर बता देता कि इधर से फलाँ इंसान गुज़रा है। अगर वह आपके पैर का निशान पहचानता है तो आप चाहे चप्पल, जूता या कुछ भी पहन लीजिए, उसकी नज़रों को धोखा नहीं दे सकते। किसी के घर में चोरी हो जाती तो

पैरों के निशान देखने के लिए उसे ही बुलाया जाता और ऐसा हमेशा होता कि वह पैरों के निशान के सहारे चोर के घर तक पहुँच जाता।

चाँदसिंह खेत का एक चक्कर लगाने के बाद खेत के बीच में स्थित एक बड़े खेजड़ी के पेड़ के नीचे आ जाता। हर किसान के खेत के बीच में कोई खेजड़ी का पेड़ होता और यही उसका खेत का घर होता। जब से ट्रैक्टरों से बुवाई होने लगी तो खेजड़ी के पेड़ ही खतम हो गए। हल से बुवाई करते समय हाली इतना सचेत होता था कि हर छोटे पौधे को बचा लेता। फिर निराई करने वाला इतना सचेत होता कि उसे बचा लेता। कटाई वाला भी वैसा करता और फ़सल कटने के बाद आवारा पशुओं से बचाने के लिए काश्तकार पेड़ के चारों ओर खाई खोद कर उस पर सूखे काँटे रख देता। खेत में जब भी कोई आता तो पानी का एक मटका सर पर होता ऐसे छोटे पेड़ों के लिए। सुनसान रेगिस्तान में जब सूरज धरती को तपा रहा होता है तब आपको अपने खेत में हरे पेड़ होने के सुख का अहसास होता है।

रोज़मर्रा के कामों में लगा चाँदसिंह सुबह के वक्त कोई रागनी गुनगुनाता। पकती उम्र के साथ आवाज़ भी जवान हो रही थी। थोड़े पतलेपन के साथ थोड़ा भारीपन उसकी आवाज़ को दूध में दो चम्मच मिले घी की तरह चिकना बना रहा था। उसी की तरह कोई दूसरा काश्तकार अपने खेत में वैसी ही धुन छेड़ देता। वह पड़ौसी खेतों में गाई जाने वाली रागनियों का जवाब भी दे रहा होता कि तभी उसकी नज़र खेत की दक्षिण सीमा पर जाती। इसी तरफ़ गाँव की बसावट है, जो भी गाँव से खेत आता, वह दूर से ही सीमा में प्रवेश करते हुए दिख जाता। इस समय एक आदमी खेत की सीमा पर दिखाई देता। एकदम झक सफ़ेद कपड़ों में। इतनी सफ़ेदी कि एक बार तो आँखें चकरा जाएँ। यह सफ़ेदी किसान की तो हो नहीं सकती।

इस इंसान को आते देखकर चाँदसिंह की रागनी अचानक बंद हो जाती। सारी धुनें बर्फ़ की तरह ऐसे जम जातीं कि हलचल ही नहीं हो पाती। उसके खिलखिलाते मन के एकतारे का तार–सा टूट जाता। होंठों पर पपड़ी आ जाती और दिमाग काम करना बंद कर देता। वह इंसान ज्यों–ज्यों नज़दीक आता जाता त्यों–त्यों उसके दिल की धड़कनें बढ़ती जातीं। उसके पहले वाली पीढ़ि के रहते यह साहूकार कभी खेत में नहीं आया था। एक तो उधार लेने की

ज़रूरत ही नहीं पड़ती, अनाज और दूध घर में हो जाता, शहर से लाने वाली चीज़ें एक साथ ही ले आते। कोई बहुत मुश्किल में कभी चंद रुपये महीने भर के लिए उधार ले लिए जाते तो उससे कौन से इस सेठ के क़र्ज़दार हो रहे थे। खेत में आकर उन पैसों का तकादा करना तो दूर की बात, गाँव में भी सीधे मुँह सेठ माँगता नहीं था और अब....। हर पाँचवें दिन मुँह उठाकर आ जाता है खेत में तकादा करने। जबकि यह जानता है कि बंदे ने फ़सल नहीं निकाली तो आसमान से तोड़कर देगा क्या तेरा क़र्ज़। फिर भी आता और धमकी भी देता। आवाज़ ही बदल गई। खेत का सबसे अच्छा तरबूज़ अपने आप तोड़कर ले जाता है। पहले तरबूज़ की बेल को छूने की हिम्मत नहीं होती थी। चाँदसिंह को याद है कि जागेराम एक किस्सा सुनाया करता था।

उस किस्से की याद आते ही नीर के होंठों ने मुस्काने का अंदाज़ ले लिया। अब बरसात रुक गई थी और नीर के जिस्म पर भी माटी की परत नहीं थी। सारी परतें धुल गईं। वह काबुल या कंधार की माटी राजगढ़ की माटी की कोख में समा गई। ये जो सरहदें हैं, वे माटी से माटी के मिलन को नहीं रोक पाती हैं। कहीं गजभर माटी के लिए ख़ून की नदियाँ बह जाती हैं, वहीं वह गजभर माटी पलभर में हवा के संग कोसों दूर चली जाती है। जिस्म उसका अभी भी गीला था और मैं जब यह कहानी लिखने के लिए उसे देख रहा था तो देखने भर से वह सर्दी से काँप उठा। लेकिन वह फिर भी नहीं हिला।

वह किस्सा असल में यह था कि एक बार किसी काश्तकार के खेत से बादशाह गुज़र रहे थे। बादशाह ने भेस बदल रखा था तो काश्तकार पहचान ही नहीं पाया और यह भी कैसे यकीन करता कि महलों में रहने वाला बादशाह घोड़े पर सवार होकर उसके खेत के बीच वाली खेजड़ी के नीचे बैठकर पानी पी रहा है और बातें कर रहा है। काश्तकार ने उसके सामने अपने खेत का तरबूज़ रखा जिसे इस इलाके में 'मतीरा' कहते हैं। मतीरा खाने से राजा की तबीयत खुश हो गई। उसने काश्तकार से कहा, ''घर ले जाने के लिए एक मतीरा दे दो।''

''जो चाहे तोड़ लो।'' काश्तकार के लिए यह सामान्य बात थी।

राजा ने खेत में घूमते हुए बहुत से मतीरे देखे और अंत में जाकर उस खेत के सबसे अच्छे मतीरे की तरफ़ इशारा कर दिया, जिसे काश्तकार ने भूसे

से ढक रखा था ताकि कोई गिलहरी टाँच न दे।

"यह मतीरा नहीं दे सकता। यह राजा को दूँगा।" काश्तकार कई दिनों से उसकी विशेष देखभाल कर रहा था।

"अगर राजा ने इसे लेने से इनकार कर दिया तो...।" राजा ने मन में मुस्कराते हुए सवाल किया।

"नहीं ले तो अपनी ऐसी-तैसी कराए।" काश्तकार ने साफ़ जवाब दिया। उसे क्या मालूम था कि सामने वाला भेस बदला हुआ राजा ही है।

राजा घोड़ा लेकर चला गया। कई दिन बीत गए और अंत में वह मतीरा पक गया। काश्तकार ने तोड़कर सर पर धरा और राजा के दरबार में हाज़िर हो गया। राजा ने देखते ही पुरानी बात याद की और कहा, "अगर मैं इसे न लूँ तो...।"

इतना सुनते ही काश्तकार के दिमाग को झटका-सा लगा और उसे वह बात याद आ गई। फिर भी उसने साहस करके कहा, "न लो तो वही खेत वाली बात तैयार है।"

इस साहूकार का इतना साहस हो गया कि खेत से अपनी पसंद का मतीरा तोड़ लेता है लेकिन चाँदसिंह बोल नहीं पाते। सर पर कर्ज ही इतना हो गया है। इन दिनों खेती के खर्चे बढ़ गए थे। आमदनी नहीं बढ़ी थी। तेल की कीमतों के बढ़ने के कारण बुवाई और कटाई महँगी हो गई। खाद के भाव भी कम नहीं थे। उसे याद है कि पहली बार खेत में यूरिया खाद डाली थी तो जागेराम को मालूम नहीं चलने दिया। वह कहता था कि इंसान की तरह खेत को भी लत लगती है अगर एक बार विदेशी खाद की लत लग गई तो गोबर की खाद असर ही नहीं करेगी। सारे लोग अपने खेतों में यूरिया डाल रहे थे। चाँदसिंह का भी मन नहीं माना और एक दिन बादल उमड़े तो दौड़कर शहर गया। एक यूरिया का कट्टा ले आया और रातभर में खेत में छिड़क दिया। जागेराम को कानोंकान खबर ही नहीं लगने दी। बाजरे की पैदावार अच्छी हुई। दूसरे साल भी यही किया और फिर तो एक सिलसिला बन गया। साल-दर-साल अंतर सिर्फ़ यही आता था कि यूरिया की मात्रा बढ़ानी पड़ती। पहली बार एक कट्टे से पूरे खेत में काम चल गया था और फिर दस कट्टों तक भी डालना पड़ता। इससे कम असर ही नहीं करती। अब सीधे ही खाद का खर्च दस गुना बढ़

गया। गोबर की खाद का वही हुआ जो जागेराम कहता था। कोई असर नहीं करती। ''मेरे बच्चो, तुम्हें हमारे से ज़्यादा मुसीबतों का सामना करना पड़ेगा। खेत के मालिक तो रह जाओगे लेकिन खेती का मालिक कोई और हो जाएगा। बिना खेती के मालिकाना हक के तुम्हारे खेत ही तुम्हारी कब्र बन जाएँगे।'' जागेराम की आवाज़ नीर की स्मृतियों से बार-बार उबाला मार रही थी। वह अपने बाप की दास्तान याद करता तो भी दादा की बातें अपनी तरफ़ खींचती रहतीं। जागेराम जब मरा था तो उसने कहा था कि उसे दफ़न शमशान में नहीं, खेत में करना। खेत के एक कोने में उसे जलाया गया।

अब न आँधी है, न बारिश है लेकिन रात है। गहरी अँधेरी। पहले बरसात के बाद मेंढक टर्राने लगते थे। अचानक से धरती के अंदर से बहुत से जानवर निकल आते और उनकी आवाज़ के शोर से जो संगीतमय रातें बनती थीं वे पूरे परिवेश को ही बदल देतीं। सोई हुई दुनिया जैसे जग पड़ती और काश्तकार के साथ जैसे सारी प्रकृति खेतों की ओर बढ़ने की तैयारी कर रही हो। आज ऐसा कुछ नहीं हुआ। आँधी और बारिश आने के बाद चारों तरफ़ सन्नाटा था। नीर की साँसों के अलावा किसी जानवर की आवाज़ नहीं सुनाई दे रही थी। गहरी खामोशी थी। जानवर अधिकांश तो खत्म ही हो गए थे ज़मीन में डालने वाले ज़हरों से। नीर सोच रहा था कि इतनी खतरनाक दवाओं से पैदा हुआ अनाज खाकर इंसान कैसे ज़िन्दा रह रहा है। उसे भी मर जाना चाहिए था। जैसे जानवर मरे हैं। अगर कहीं कुछ जानवर बच्चे भी थे तो वे दुबक चुके थे। उन्हें अहसास हो गया था अपनी मौत का। तब कोई परिंदा बरसाती उमंग का गीत कैसे गा पाता।

जागेराम फिर याद आ गया नीर को, जब खेत में जानवर मरने लगे थे। रोज़ कोई चिड़िया हाँफती हुई इस तरह से मिट्टी खोदकर उसमें गड़ जाना चाहती थी कि जहाँ उसे शांति मिल सके। जागेराम उसे देखते ही नीर को भगाता। वह उसे पकड़कर लाता और पानी पिलाता। थोड़ी देर तो वह शांत रहती और फिर तड़पने लगती क्योंकि कीटनाशक दवा का अंश उसके अंदर चला गया था। अंत में मर जाती चिड़िया। एक नहीं, ऐसी कई चिड़ियों को मरते देखा है उसने। सुन्दर-सुन्दर चिड़ियों की मधुर आवाज़ अब भी गूँज रही थी नीर के कानों में।

उस साल को नीर की स्मृति कैसे भूल सकती है जब उसके खेत में एक दाना भी नहीं उगा था। खूब बरसात हुई थी और पूरे गाँव के खेत हरियाली से लहलहा रहे थे। सिर्फ़ चाँदसिंह का खेत था जो बंजर पड़ा था। लहलहाते हुए खेतों में यह अकेला बंजर पड़ा खेत धरती पर एक ज़ख्म जैसा लगता है। हुआ यह था कि पिछले सालों से गाँव में खूब प्रचार किया जाता है नए बीज का। ज्यादा पैदावार देने वाला बीज कई लोगों ने खरीदा और बोया। चाँदसिंह को लगा कि एक साल कुछ पैसे लगाकर बीज खरीद लिया जाए ताकि अच्छी फ़सल हो और माली हालत सुधरे। तब तक खेती बराबर पर आ चुकी थी। बचत कुछ हो नहीं पाती। मेहनत करने पर घर का पेट ज़रूर भर रहा था। यह बीज हाल ही में सरकारों ने दूसरे देशों की कम्पनियों को अपने देश में बेचने की छूट दी थी। इनका हर जगह खूब प्रचार हो रहा था। उसने भी खरीदकर वही बीज बो दिया। शानदार फ़सल हुई। उसी फ़सल से कुछ बीज छाँटकर अगले साल के लिए रख लिए। इस साल कमजोर फ़सल हुई, इसने उसकी हालत को और खतरनाक बना दिया। और तीसरे साल तो खेत ही खाली रह गया। बीहड़ तक बरसात के मौसम में हराभरा था लेकिन उनके खेत में एक दाना भी नहीं उगा था। चौमासे में खाली खेत मालिक को अपनी कब्र जैसा लगता है। जब खेत धन-धान्य से भरापूरा होता है तो किसान का पलभर भी खेत छोड़ने का मन नहीं करता है लेकिन ऐसा खाली खेत देखकर तो लगता है कि खेत किसान को खाने को दौड़ रहा है।

उसने अपने खेत का असली बीज तो खो दिया था। अब उसे बीज भी खरीदना पड़ेगा। ऐसी स्थिति हो गई कि रोने में रोने जैसा नहीं रहा और गाने में गीत जैसा नहीं रहा। जागेराम कहता था कि खेत में बीज और इंसान में आत्मा, खुद की और ज़िन्दा ही काम देती है। ये चीज़ें बाज़ार से नहीं खरीदी जा सकतीं। जब खरीदा तो यह हाल हो गया ना। चाँदसिंह ने इसी साल बेटी की शादी भी की थी, उसका कर्ज़ भी था सर पर। कुछ बैंक से लोन ले लिया लेकिन बाकी साहूकार से ही लेना पड़ा।

चाँदसिंह दिनभर अवसाद से घिरा घर में पड़ा रहता और रात को थोड़ी शराब भी पीने लगा था। घर में फाके तक की नौबत आने लगी। जिस घर ने दूध-दही की भरी-पूरी रसोई देखी थी, वह आज पत्थर पर पीसी हुई लाल

मिर्च और रोटी पर जीवनयापन करने लगा। दो महीने पर आने वाले कुएँ का बिजली बिल हर बार घर का कोई जानवर बेचकर चुकाया जाता। तुलसी कहती कि यह कुएँ का बिल घर के जानवर खाने लगा है। इधर बिजली का बिल बढ़ता और उधर जानवर का आकार। पहले बकरी के बच्चे के बेचने से चुक जाता था, फिर बकरी बेचने से चुकने लगा और अब तो गाय-भैंसों की बारी है। घर में दूध देने वाला जानवर ही नहीं रहा।

नीर को इसी रात की तरह उस रात की भी याद आयी। वह अपने पिता के पास चारपाई पर सो रहा था और बगल में तुलसी की चारपाई थी। नीर को नींद नहीं आई थी। आती भी भला कैसे, वह घर के हालातों को समझने लगा था।

''कब तक इस खेती के पीछे पड़े रहेंगे। मजूरी कर लो। पेट भर जाए,'' तुलसी निराशा के भाव से कह रही थी।

''भूखे मरना मंजूर है, मजूरी नहीं करूँगा। गाँव के सब लोग क्या कहेंगे,'' चाँदसिंह में अभी भी अकड़ बची हुई थी।

''मैं जाऊँगी मजूरी पर। बच्चों को भूखे नहीं देख सकती,'' तुलसी निर्णय सुनाकर सो गई।

नीर देख रहा था कि कई दिनों से उसके माँ-बाप में भी झगड़ा होने लगा था। वे भी एक तनाव में जी रहे थे। सुबह-शाम जब भी देखो, एक-दूसरे को कर्ज़ का ज़िम्मेदार ठहराते और अंत में मुँह फुलाकर अपने कामों में लग जाते। तुलसी ने अपना निर्णय सुनाकर साफ़ आसमान में उगे अनंत तारों की तरफ़ एकटक देखना शुरू किया और न जाने कब आकर नींद ने उसे दबोच लिया। एक थके हुए जिस्म के सबसे नज़दीक नींद होती है, उससे थोड़ी दूर मौत।

अगले दिन सुबह तुलसी चल पड़ी मज़दूरी पर एक फावड़ा और तगारी लेकर। गाँव में इस दौरान काश्तकार तो गरीब हुआ था लेकिन कुछ लोग व्यापार करने के लिए कलकत्ता चले गए। वे अच्छा पैसा कमाकर ला रहे थे और एक से एक नए मकान बना रहे थे। जाते ही तुलसी को काम मिल गया। कई औरतें भी भवन निर्माण के काम में बेलदारी कर रही थीं। वे सारी दलित थीं। थोड़ी देर तो उनको भी आश्चर्य हुआ कि तुलसी मज़दूरी पर कैसे आ गई। फिर उन्हें भी समझते देर नहीं लगी क्योंकि गाँव में तो सब एक-दूसरे

की माली हालत जानते थे। आपस में खूब बातें होने लगीं उनमें और तुलसी काम में भी होशियार थी।

अब नीर का परिवार किसान से मज़दूर बन गया था। तुलसी की मज़दूरी पर ही सारे घर का खर्च चलता था। अधिकांश किसानों का यही हाल था। तुलसी के काम पर जाने के बाद बहुत सी महिलाएँ मज़दूरी पर जाने लगीं। शायद सारे मर्दों का यही हाल हो। वे गाँव से बाहर तो मज़दूरी कर सकते थे। कई चले भी गए थे।

घर का खर्च तो मज़दूरी से चल जाता था लेकिन कर्ज़ का ब्याज बहुत बढ़ने लगा। हर साल ब्याज में तुलसी का कोई गहना बिकता। कर्ज़ अब औरतों के गहने खाने लग गया था। गहनों के साथ उनकी खूबसूरती और नूर भी जाता रहा। धीरे-धीरे तुलसी के सारे गहने भी बिक गए। जिस सुनार से गहने बनवाए थे उसी को बेचने पड़े और ऐसा हुआ कि सुनार ने बहुत कम दर में खरीदे और काँटा भी ज्यादा काटा।

तुलसी को भवन की चौथी मंज़िल तक गारे से भरी तगारी ले जानी होती थी। वह मज़बूत कद-काठी की औरत थी लेकिन दिनभर के थका देने वाले काम और सुबह-शाम घर के काम के साथ कर्ज़ की चिंता ने उसे दुबला कर दिया। उस भरी-पूरी हँसती औरत की देह सूखने लगी। अब आसानी से उसके हाड़ गिने जा सकते थे। गाँव के सरकारी स्कूल में एक मास्टर था, वह भी समय पर नहीं आता। नीर को पढ़ने के लिए मजबूरी में प्राइवेट स्कूल में भेजना पड़ा। उसकी फ़ीस का बोझ और बढ़ गया। कमज़ोर जिस्म से चौथी मंज़िल तक बोझा ढोते समय एक दिन दूसरी मंज़िल की सीढ़ियों पर उसे चक्कर आ गया और गिर पड़ी। गारे से भरी तगारी पैर पर पड़ी और खून बहने लगा। सारे मज़दूरों ने मिलकर पट्टी की और उसे आराम के लिए घर भेज दिया। रोज़ाना की आमदनी तुलसी की चोट के साथ बंद हो गई। उस चोट ने ऐसा विकराल रूप लिया कि पैर में एक गाँठ बन गई जो अंतत: कैंसर साबित हुई। उसे पास के कस्बे के सरकारी अस्पताल में इलाज के लिए भी चाँदसिंह ले गए थे लेकिन अस्पताल में खाली दर्द निवारक गोलियों के अलावा कुछ नहीं था। उन्होंने जयपुर जाकर इलाज कराने की सलाह दी।

जयपुर में इलाज कराने के लिए घर में तो पैसे होने का सवाल ही

नहीं था। गहने सब पहले ही बिक चुके थे तो अंत में ज़मीन का एक टुकड़ा बेचा गया। लम्बा इलाज चला और अंततः तुलसी मर गई। हाँ...मर गई। नीर ने अपनी मरी हुई माँ का ज़र्द चेहरा देखा था। वह उससे लिपटकर फूटकर रोया था। इसके अलावा कर भी क्या सकता था। माँ की याद ने उसे अब भी रुला दिया। जो जिस्म रातभर आँधी और बरसात को तनकर सह रहा था, वह अब टूट गया। पहली बार नीर हिला और उसके गले से सुबकने की आवाज़ आई। वह चिल्लाकर ज़ोर से रोना चाहता था। इतनी ज़ोर से कि यह धरती हिलने लगे। आसमान फट जाए। लेकिन बायीं करवट बदलकर सुबकनेभर से ही काम चलाया। अब स्मृतियों में सिर्फ़ चित्र चल रहे थे। माँ की अनेक छवियाँ। बचपन में उँगली पकड़ने की, डाँटने की, दुलारने की और असंख्य चित्र एक के बाद एक, बंद लेकिन आँसुओं से भरी आँखों से गुज़र रहे थे। कहीं-कहीं माँ के गीत गुनगुनाने की आवाज़ भी सुनाई दे रही थी। इतनी प्यारी आवाज़ कि जब कबीर के भजन गाती तो साज़ की ज़रूरत ही नहीं होती। बचपन में वह रोज़ ऐसे गीतों के साथ ही सोता था। लड़ाई भी सबसे ज़्यादा माँ से ही करता था।

रात अब ढल चुकी थी लेकिन सुबह होने में वक्त था। नीर ने सोचा कि नींद ले ली जाए लेकिन नींद तो कहीं थी ही नहीं। अभी तक यादों की पोटली तो खाली ही नहीं हुई थी और उसे आज एक निर्णय भी तो करना था। वह भी तो तंग आकर मरने की सोच रहा था। अंदर एक कमरे में अपने बाप के उसी गमछे से फाँसी का फंदा भी शाम को ही लटका लिया था। उसमें सर डालने की देरी थी। वह सर डालने से पहले अपने जीवन की फ़िल्म को देखना चाह रहा था। शायद आँधी और बरसात भी उसके इस ऐतिहासिक शो को रोक नहीं पाई थी। उसे कोई क्या डराता, जिसने मौत को कई बार अपने करीब पाया हो। डर को तो उसने कमरे की कड़ी पर लटका रखा था। ज़िन्दगीभर की फ़िल्म को देखने के लिए रातभर का वक्त तो उसके पास था ही। देख रहा था और पूरी देखनी थी। प्यास तो तब लगती, जब कुछ खाया होता। कई दिनों से वह भूख से लड़ रहा था। घर में अनाज ही नहीं था। एक पानी का मटका पड़ा था उसकी चारपाई के हाथभर के फ़ासले पर।

फ़िल्म नीर के लिए बहुत डरावनी थी। अपने भोगे हुए यथार्थ से कड़वा

कुछ नहीं होता जहान में। इसे याद करो तब भी दर्द होता है और भूलो तो भी टीस होती है। ऐसे यथार्थ से इंसान छुटकारा नहीं पा सकता। वह उसके जीवन और स्मृतियों का स्थायी हिस्सा बन जाता है। इस वक्त तो नीर अतीत, स्मृतियों, यथार्थ और मृत्यु के निर्णायक संगम पर खड़ा था। अधिकांश रास्ते मौत की तरफ़ ही खुल रहे थे। कहीं कुछ अँधेरे में धुँधली-सी ज़िन्दगी की पगडंडी दिख रही थी जिसकी तरफ़ नीर ने पीठ कर रखी थी।

नीर की यादों की फ़िल्म फिर शुरू हुई, तब घर में वह और उसका बाप दो ही इंसान बचे थे। पढ़ाई तो इससे आगे चलने का सवाल ही नहीं था। चाँदसिंह अब शराब में आकंठ डूब गया था। बची हुई ज़मीन भी शराब में ही चली गई। नीर बगल के कस्बे में एक मिठाई की दुकान पर वेटर का काम करने लगा। साइकिल से आना-जाना करता और खाना भी वहीं खाता। शाम के वक्त दुकान से आते समय अपने पिता के लिए भी खाना ले आता। देर रात को चाँदसिंह शराब के नशे में आता और खाना खाकर लुढ़क जाता। सुबह जब नीर दुकान पर जाता तब तक वह सोता रहता। बहुत दिन हो गए थे बाप और बेटे के बीच कोई बात ही नहीं हुई थी।

यह हालात केवल उनके घर के ही नहीं थे बल्कि अधिकांश काश्तकार कर्ज़ में डूब गए थे। उनकी फ़सल को कौड़ियों के दाम भी खरीदने को व्यापारी तैयार नहीं थे। दूसरे देशों से महँगे भावों में अनाज खरीदा जा रहा था और यहाँ के काश्तकारों के अनाज को पूछते ही नहीं थे। काश्तकार अनाज को रोके भी तो कब तक! उसे तो बाज़ार से सामान खरीदने के लिए नकद चाहिए। जिस भी भाव में व्यापारी खरीदे, काश्तकार को तो उसी भाव में बेचना पड़ता। खर्चे दिनोंदिन बढ़ रहे थे। लोग तंग आकर नशे करने लगे, एक-दूसरे से लड़ने लगे, चोरियाँ करने लगे और अंत में आत्महत्याएँ करने लगे। जवान शहरों की तरफ़ भी गए लेकिन काम नहीं मिला। वे भी वापस लौट आए। जो आत्महत्या नहीं कर रहे थे, वे इसे नियति मान रहे थे और कुछ लोग पिछले जन्म के कर्मों का फल भी मानने लगे। राजगढ़ में मौत और मज़हब दोनों का विस्तार हुआ और दोनों एक-दूसरे को खाद-पानी देने लगे। ज़मीन बेचकर लोग यज्ञ करवा रहे थे ताकि दिन फिरें और कर्ज़ चुके। रात को भजन-कीर्तनों का दौर भी चल पड़ा। नीर भी दुकान से आता तो कभी आस-पास की भजन संध्या में चला जाता। बच्चे, बुजुर्ग और महिलाएँ सब-के-सब हाथ जोड़कर

भक्ति में लीन होते। सब्ज़ी खरीदने के पैसे नहीं होते लेकिन यहाँ आरती में दस-बीस रुपये कहीं से लाकर ज़रूर चढ़ाते।

नीर देखता कि लोगों के जिस्म पर माँस है ही नहीं। सिर्फ़ हड्डियाँ ही बची हैं। जवान लोगों के चेहरे देखो तो गाल दाँतों से बिलकुल चिपक चुके थे। आँखें अंदर धँस चुकी थीं और भरे-पूरे पेट तो दो ही लोगों के दिख रहे थे। एक गाँव के सेठ का और दूसरा कथावाचक का। उनके पेट लगातार बढ़ते ही जा रहे थे। सेठ सूद लेता था। बैंक बहुत से काश्तकारों की ज़मीनों को कर्ज़ न चुका पाने के कारण कुर्क करते और फिर जब नीलामी करते तो यह सेठ या इस जैसे कस्बे के दूसरे सेठ उसे खरीद लेते। वे लोग लम्बी-लम्बी कारों में गाँव में आते तो यह कर्ज़ से दबे लोग उन्हें दुखभरी नज़रों से देखते रहते।

नेता भी आते थे चुनाव के वक़्त। अपने चारों ओर लटकते माँस को घसीटते हुए वे गाड़ी से बाहर निकलते और काश्तकारों के भविष्य को सँवारने के वादों के भाषण देते। गाँव के लोग तालियाँ बजाते और बिना माँस के सूखे हुए हाथों से बजने वाली तालियों से आवाज़ नहीं निकलती, दर्द निकलता है। ऐसा लगता कि दो सूखी हड्डियों के टकराने से चिंगारी निकलने वाली है।

चिंगारी की बात विजेंद्र सिंह किया करते थे। वे एक टूटी हुई जीप से तकरीबन हर सप्ताह उस गाँव में आते थे। कभी रात को गाँव में ही रुक जाया करते थे। वे काश्तकार के कर्ज़ की जड़ बताते थे। सब लोग ध्यान से उनकी बातें सुनते और सहमत भी होते लेकिन कभी उनके साथ चलकर राज से पूछने की हिम्मत ही नहीं करते कि हमारी फ़सल का जायज़ मोल क्यों नहीं देते हो?

जब रात को विजेंद्र सिंह गाँव में रुकते तो वहीं चौक में उनकी चारपाई लगा दी जाती। कुछ लोग आस-पास बैठकर बातें सुनने लगते लेकिन तभी कहीं होने वाले कीर्तन का माइक बजना शुरू हो जाता और एक-एक करके लोग उठकर चले जाते। उनकी बातें सुनने वाले दो ही लोग बचते थे। एक नीर था और दूसरा था लाला मोची। लाला का एक हाथ कटा हुआ था। वह सारे काम दूसरे हाथ से करता था। उसके दूसरे वाले हाथ की पकड़ बहुत मज़बूत थी। उस हाथ में इंसान के जिस्म का कोई भी हिस्सा अगर आ गया तो वहाँ पर खून बंद होना तय है। उसकी पकड़ से कोई अपने आप को छुड़ा नहीं पाया था आज तक। वह उन बातों को भी समझता था। शहर भी जाता

था राज से सवाल करने। राज उसकी सुनता नहीं था। किसी भी अकेले इंसान की बात कहाँ सुनी गई है। नीर के भी कुछ ही बातें समझ में आतीं। उसका बातों से ज्यादा लेना-देना दूसरे पक्ष से था। दिनभर मालिक की डाँट सुनकर, काम करके थककर जब शाम को घर आता तो कम-से-कम ये दो लोग तो कभी-कभार बातों के लिए मिल जाते। इनके सामने वह अपना दर्द भी खुलकर कह पाता। पिता को तो शराब ने छीन लिया था।

कई बार उनको चौक में बैठे देखकर कुछ शराबी भी आ जाते। वे उन बातों को ध्यान से सुनते। ज़ोर से हुँकारा लगाते और कई बार तो उछलकर राज और गाँव के साहूकार को माँ-बहन की गाली दे डालते। फिर उन्हें समझाकर वापस बैठाया जाता। वे कसम खाते कि आज के बाद कभी शराब नहीं पियेंगे। कुछ अच्छा काम करेंगे। लेकिन सुबह तक सारी बातें और कसमें भूल जाते। नीर को याद नहीं आता कि इन कसमों से किसी ने शराब छोड़ी हो।

अब राजगढ़ में एक तीसरे आदमी का भी पेट निकलने लगा था। वह था राजू जो शराब का ठेकेदार था। उसकी बिक्री लगातार बढ़ रही थी। लोगों की ज़मीनें बिक ही नहीं रही थीं क्योंकि खरीदने वाला ही नहीं था कोई। साहूकार भी पैसे कहीं और इन्वेस्ट करने लगा।

गाँव में हर रोज़ किसी की आत्महत्या की खबर पहले तो सबको हिला देती थी लेकिन अब वह आम बात हो चुकी है। नीर शहर जाते समय सुबह जिस इंसान से रास्ते या बस में मिलता था तो विश्वास ही नहीं होता था कि यह शाम तक ज़िन्दा रहेगा। सिर्फ़ मर्द ही नहीं औरतें भी आत्महत्याएँ कर रही थीं।

अचानक एक दिन गाँव में खुशी की लहर आई। राजगढ़ के बगल में सीमेंट की फ़ैक्टरियाँ लगने वाली थीं। वहाँ पर सीमेंट बनने वाला पत्थर निकला था। जिन ज़मीनों को कल तक कोई पूछता नहीं था, आज वे कीमती हो चली थीं। सुबह उठकर जब नीर नौकरी के लिए जा रहा था तो गाँव का चौक लोगों से भरा हुआ था। इस समय इतने लोग पहले तो कभी नहीं देखे गए यहाँ। सब ज़ोर-ज़ोर से बोल रहे थे, हँस रहे थे और ठहाके भी लगा रहे थे। बहुत सालों से गाँव के चौक में इतना उल्लास दिख रहा था। पास आने पर मालूम हुआ कि कल तक जो गरीब थे वे अचानक अपने आपको अमीर महसूस करने लगे। यह हँसी लोगों की नहीं, पैसों की थी।

''तेरी तो भाई एक बिसवा ज़मीन भी बची नहीं है। तू क्या बेचेगा,'' संतोष ने तंज कसा।

कल तक यही संतोष उससे कुछ उधार माँगा करता था क्योंकि बहुत कम ही सही नीर कमा रहा था। शाम को कुछ घर लेकर ही आता था। आज उसी छोकरे के तेवर बदले हुए थे। उसके पास दस बीघा ज़मीन बची हुई थी जो आज की कीमतों के मुताबिक साठ लाख की बैठ रही थी। जिस जवान ने पिछले कई सालों से हज़ार रुपये एक साथ जेब में नहीं रखे हों, साठ लाख की कल्पना से ही उसका कायांतरण हो गया था। वह अपने आप को यह खबर सुनने के बाद से ही अमीर महसूस करने लगा। इतनी अचानक आई हुई अमीरी पचती नहीं है। वह अपने भविष्य की कल्पना भी नहीं कर पा रहा था।

''क्या फ़र्क है संतोष, हमारी ज़मीन पहले बिकी थी। तुम्हारी अब बिक जाएगी। न हम काश्तकार रहे, न तुम रहोगे।'' नीर ने बड़े प्यार और धैर्य से जवाब दिया।

इतने में ही लोकेश टपक पड़ा, ''यार नीर, तुम स्कॉर्पियो की कीमत पूछकर आना तो आज।''

नीर को अजीब-सा महसूस हो रहा था। यही लोकेश शहर भी उसकी साइकिल के पीछे बैठकर जाता था। जिन लोगों की ज़मीन उन कारखानों के इलाके में नहीं आ रही थी, वे उदास थे और अपनी किस्मत को कोस रहे थे। वह बहुत देर नहीं रुक सका क्योंकि उसे दुकान जाने में देरी हो रही थी।

दुकान में कुछ स्थायी ग्राहक थे जो हर दिन चाय-नाश्ता घर की बजाय यहाँ करते थे। वे सब नीर को जानते थे। वे उसके गाँव, परिवार और घर की मोटी-मोटी बातें सब जानते थे। उन्हें भी कारखाना लगने की खबर थी।

''उदास क्यों है नीर?'' रमाकांत ने पूछा।

''नहीं तो। रोज़ की तरह ही हूँ।'' नीर छोटा-सा जवाब देकर अपने कामों में लग गया।

दुकान के ये स्थायी ग्राहक उसके गाँव की फ़ैक्टरियों की बातें कर रहे थे। कुछ लोगों का कहना था कि अगर कोई ज़मीन सस्ते में मिल जाए तो पैसा कमाया जा सकता है। बाकी लोगों का कहना था कि अब तो वहाँ के

लोगों को सब मालूम हो गया है। सस्ते में कोई भी ज़मीन नहीं देगा।

दोपहर का समय हुआ था कि लाला पहुँचा। वह उदास था। उसने एक तरफ़ ले जाकर नीर को वह मनहूस खबर सुनाई कि चाँदसिंह ने फाँसी लगा ली है। वह सुबह से शराब पी रहा था और अपने-आप को कोस रहा था कि उसने सारी ज़मीन पहले ही क्यों बेच दी। आज होती तो करोड़पति हो जाता। नशे में उसने कई लोगों को गालियाँ दीं और फिर घर जाकर अपने गमछे से फाँसी लगा ली।

भोर का समय हो गया था। नीर बहुत फुर्ती से चारपाई से उठा। घर के सामने पीपल के पेड़ पर मोर ने हूक मारी। उसी के साथ कई पक्षी चहचहाने लगे। लम्बे समय बाद नीर ने भोर देखी थी। बहुत मोहक लग रही थी। पक्षियों की आवाज़ बिलकुल ही ज़िन्दगी में रंगत भरने वाली थी। सुनकर बीमार की तबीयत भी हरी हो जाए। उसने पानी पिया और अंदर के कमरे की ओर रवाना हुआ जहाँ पर एक गमछा लटका हुआ था जिससे उसके बाप ने फाँसी लगाई थी और अब किसी नई गर्दन का इंतज़ार कर रहा था। वह कमरे में घुसा और एक टेबल को खिसकाकर गमछे की सीधाई में लाया। फिर टेबल पर चढ़ा और गमछे को खोल लिया। वह मरेगा नहीं, लड़ेगा। यही तो कहते हैं विजेंद्र सिंह।

दिन की पहली किरण गाँव के जोहड़ों की तरफ़ से निकलती है जहाँ शमशान है। नीर घर से निकला और बाहर से एक नीम की दातुन तोड़ी। वह दातुन करते हुए लाला मोची के घर की तरफ़ रवाना हुआ। लाला का घर भी सूरज निकलने की दिशा में ही है।

उसे सोचते हुए हँसी आ रही थी कि जिन ज़मीनों को कोई नहीं पूछता था उनकी कीमत बढ़ते ही गाँव में ज़मीन के बँटवारे के बहुत से झगड़े हुए। लोग अदालतों में गए। वकीलों की कमाई होने लगी। साहूकार भी खुले हाथ से कर्ज़ देने लगे। जिस गाँव के लोगों को कस्बे का बनिया दो लिटर तेल उधार नहीं देता था, उन्हीं लोगों को शहर में इज़्ज़त मिलने लगी।

फ़ैक्टरियों वाली खबर के तुरंत बाद भी विजेंद्र सिंह आए थे गाँव में। उन्होंने लोगों को बताया कि इस उद्योग से किसको फ़ायदा होगा। ज़मीनों को बहुत सस्ते में खरीद रहे हैं ये लोग। सीमेंट का पत्थर आपकी ज़मीन पर

है तो उद्योग या तो सरकार लगाए या फिर आपकी उसमें साझेदारी हो। ऐसी कई बातें थीं। किसी ने एक भी नहीं सुनी। सबको जल्दी थी अपने सपनों को साकार करने की। कुछ बुज़ुर्गों ने भी ज़मीन बेचने के लिए मना किया लेकिन युवा नहीं माने। उन्हें अमीरी में जीने का मज़ा लेना था। गाँव के अधिकांश लोगों ने तुरंत शहर जाकर ज़मीनें कम्पनियों के नाम कर दीं। पैसों से जेबें भर गईं। सबने एक-से-एक शानदार गाड़ियाँ खरीदीं। कुछ ने शहर में प्लॉट खरीदे। मकान बनाए और पूरी आराम की ज़िन्दगी जीने लगे। अधिकांश ने गाँव छोड़ ही दिया। अब ये काश्तकार से अमीर बने लोग हर चीज़ स्टैण्डर्ड की करते हैं। बच्चे महँगे स्कूलों में पढ़ते हैं। महँगी शराब पीते हैं। खाना घर में कम, होटलों में ज़्यादा खाते। कई विदेश घूम आए। तेल का रोज़ का खर्च भी कम नहीं होता। कमाते कुछ नहीं थे। पैसा था और वह धीरे-धीरे खत्म भी हो गया। पहले बच्चे छोटे स्कूलों में आए। फिर गाड़ियाँ बिकीं और कई के मकान भी बिक गए। अधिकांश लोग कहीं नौकरी करते हैं और किराये पर रहते हैं। बुज़ुर्ग जब कहते कि पहले समझाया था, ऐसा मत करो तो सारा गुस्सा उन्हीं पर निकालते। कइयों ने तो उन्हें घर से निकाल दिया। वे वापस गाँव आ गए हैं। वहीं किसी के घर खाना खा लेते हैं। उनके छोटे-मोटे काम कर देते हैं।

''नीर आज दुकान नहीं जाएगा क्या?'' ऐसे ही शहर से लौटते हुए एक बुज़ुर्ग ने सवाल किया तो नीर के विचारों का सिलसिला टूटा।

''दादा जी, मैंने नौकरी छोड़ दी है,'' नीर ने नीम की दातुन फेंकते हुए कहा।

''कब रे? आजा कुल्ला कर ले,'' बुज़ुर्ग ने पास पड़े पानी के मटके की तरफ़ इशारा किया।

''आज ही छोड़ी है,'' मुँह से पानी की पिचकार मारते हुए नीर बोला।

''अब क्या करेगा?'' बुज़ुर्ग ने लाठी को ज़मीन पर टिकाया।

''अपणी ज़मीन वापस हासिल करूँगा और काश्तकार बणुँगा। राज से लड़ूँगा,'' नीर की आवाज़ में धैर्य और साहस था।

''मेरे वाली भी वापस मिल सके है क्या?'' बुज़ुर्ग की आँखों में उम्मीद की रौशनी आ गई।

''हाँ। मेरे साथ आओ,'' नीर उठकर चल पड़ा।

उस बुज़ुर्ग का नाम मोहर सिंह था। उसने यह भी नहीं पूछा नीर से कि कहाँ चलना है? लाठी के सहारे खड़ा हुआ और पीछे चल दिया। एक से दो हो गए। मोहर सिंह की उम्र करीब पैंसठ साल होगी लेकिन वह नीर के बराबर चल रहे थे। हाँफ़ भी नहीं रहे थे। चुपचाप ही चल रहे थे। नीर के दिमाग की रील फिर चली और उसे याद आया कि बाप की मौत के बाद वह बिलकुल अकेला हो गया था। जीवन में कोई उम्मीद की किरण ही नहीं दिख रही थी। इसलिए रात को मरने का ख़याल आया था और गमछा लटका लिया था कमरे में। ज़िन्दगी की फ़िल्म देखने से ही जीवन की ललक पैदा हुई। हमें अपने अतीत का कम-से-कम हर संकट के दौर में रुककर मुआयना करना चाहिए। वहाँ रौशनी मिल जाती है। काल का कपाड़ फोड़कर निकला है वह।

लाला अंदर सो रहा था और बाहर उसकी पत्नी भैंस को चारा डाल रही थी। उनके पास ज़मीन नहीं थी तो कर्ज़ नहीं हुआ। वे मज़दूरी से अपना काम चलाते हैं। इसी कारण भैंस पाल पाते हैं। चारे जितना दूध बेच देते हैं और ख़ुद का दूध-दही का काम चल जाता है। ये दोनों सीधे ही अंदर चले गए। हल्की-सी आवाज़ देने पर ही लाला की नींद खुल गई। उसने उठकर मुँह धोया और चूल्हे पर चाय चढ़ा दी। वह घर के काम पत्नी के साथ मिलकर करता है। खाना भी बनाता है और झाड़ू भी देता है। इस पर गाँव के लोग उसका मज़ाक भी ख़ूब उड़ाते हैं। लेकिन लाला का मानना है कि सब काम मिलकर करने चाहिए।

''आज सुबह-सुबह क्या खबर लाए हो ?'' लाला उन दोनों से मुखातिब हुआ।

''यही लेकर आया है,'' मोहर सिंह ने नीर की तरफ़ इशारा कर दिया।

नीर ने गहरी साँस ली और कहना शुरू किया, ''देख लाला, तू तो मेरे भाई समान है। तेरे से क्या छिपाना। कई दिनों से परेशान था, तू जानता ही है। रात को मरने की सोची। यह मान लो कि मौत के पास चला ही गया था। फिर पुरानी बातें याद आ गईं। मैंने ख़ूब सोचा है। अब मरना नहीं है। अपने गाँव के तो बहुत से लोगों ने अपनी ज़मीन बेच दी लेकिन पास के नोपगढ़ गाँव के लोग ज़मीन नहीं दे रहे कम्पनियों को। वे लड़ रहे हैं। हमारी ज़मीन

जब कर्ज़ देती है तब तो हम अकेले सहें और ज़मीन के नीचे जब सीमेंट का पत्थर निकल आता है तो उसे दे देता है राज बनियों को। यह नहीं सहेंगे। ज़मीन नहीं देंगे।''

''इस गाँव के लोग तो बेवकूफ़ हैं। कितना समझाया था ज़मीन न देने के लिए, माने ही नहीं। अब देख लो हालत। ये मोहर सिंह जी दो रोटी के लिए तरसते हैं। नोपगढ़ वाले साहसी हैं। वे जीतेंगे एक दिन ज़रूर।'' लाला चाय छानता हुआ कह रहा था।

''देखो ज़मीन न बेचता तो आज मेरी यह दशा नहीं होती।'' मोहर सिंह की आँखें भर आई थीं।

''मैंने सोचा है कि नोपगढ़ वाले भी तो किसान ही हैं। मेरी ज़िन्दगी उनके कोई काम आ सके तो मरने से अच्छा है। हम लोगों को चलकर उनकी लड़ाई में साथ देना चाहिए,'' नीर ने प्रस्ताव रखा।

''हाँ, बिलकुल, चलो,'' लाला जैसे तैयार ही बैठा था।

उन तीनों को कौन-सी तैयारी करनी थी। लाला की पत्नी शारदा ने सबको दही-रोटी का कलेवा करवा दिया। फिर हो गए रवाना पैदल ही नोपगढ़ की तरफ़। दूर भी केवल पाँच किलोमीटर था उनके गाँव से। वहाँ तो वे बचपन से पीर का मेला देखने जाते रहे हैं। एक-एक खेत के हर दरख़्त को पहचानते हैं।

इन दोनों गाँवों के बीच ही थी वह ज़मीन जिसे कम्पनियाँ कब्जे में लेना चाहती थीं। सुनसान खेतों की दूर तक दिखती उजाड़ की जिस ज़मीन को कम्पनी ने खरीद लिया था वहाँ पर कम्पनी का बोर्ड लगा हुआ था और बाकी ज़मीन पर खड़ी कुछ झोंपड़ियाँ काश्तकारों के स्वामित्व का सबूत थीं। सूखी झाड़ियों को देखकर लाला को अपना बचपन याद आ रहा था जब वह यहाँ पर बेर खाने अपने दोस्तों के साथ आया करता था। उन बेरों की खासियत यह थी कि हर झाड़ियों के बेरों का स्वाद अलग होता था। आप हज़ार झाड़ियों के बेर खायेंगे तो हज़ार ही स्वाद मिलेंगे और आज जब वह कई बार बाज़ार से बेर खरीदकर खाता है तो सारे एक ही स्वाद के होते हैं जैसे वे किसी झाड़ी के न लगकर मशीन में तैयार किये गए हैं। तीनों चुपचाप भविष्य की योजनाएँ बना रहे थे कि कैसे नोपगढ़ वाले अपनी ज़मीन बचा पाएँ। हर किसी के पास अपनी योजना थी। ऐसी लड़ाई का ठोस अनुभव इनमें से किसी के

पास भी नहीं था। एक ही सोच तीनों में समान थी, ज़मीन बचाने के लिए संगठित रहना पड़ेगा। वे अपने गाँव के अनुभव से यह भी जानते थे कि हर इंसान के अपने व्यक्तिगत स्वार्थ होते हैं। उन्हें एक साथ लाना मुश्किल था। नामुमकिन तो नहीं था।

जब वे नोपगढ़ पहुँचे तो गाँव के चौक में एक दरी बिछी हुई थी जिस पर करीब पचास बुजुर्ग काश्तकार बैठे थे। युवा एक तरफ़ झुंड बनाकर खड़े थे। विजेंद्र सिंह खड़े हुए भाषण दे रहे थे। वे कह रहे थे कि इस ज़मीन को बचाकर आप इतिहास बचा रहे होंगे और कोई भी गाँव जब इतिहास खो देता है तो उसका वर्तमान और भविष्य अंधकारमय ही होता है। उन लोगों से थोड़ी दूर पर एक टेंट लगा था जिसमें कम्पनी के लोग बैठे हुए चंद युवाओं को फ़ैक्टरी के कारण होने वाले इलाके के विकास के बारे में बता रहे थे। वहीं पर पुलिस खड़ी थी। नीर को बड़ा अफ़सोस हुआ कि जो पुलिस किसी की हत्या होने पर भी वक्त पर नहीं पहुँच पाती है वह यहाँ पर कितनी मुस्तैदी से खड़ी है। उसे यह समझते देर नहीं लगी कि यह कम्पनी के लोगों की हिफ़ाज़त के लिए मौजूद है।

वे तीनों भी दरी के एक किनारे पर बैठ गए थे। सभा का संचालन शंभू कर रहा था। वह इन तीनों को जानता था। उसने घोषणा कर दी कि इस लड़ाई में राजगढ़ गाँव के कुछ लोग भी उनके साथ हैं। कुछ देर बाद भाषण के लिए शंभू ने नीर का नाम बोला। नीर कुछ भी नहीं समझ पा रहा था कि वह क्या भाषण दे लेकिन सब लोगों के कहने पर खड़ा हो गया और बोलना शुरू किया, ''नोपगढ़ गाँव के लोगो, मैं बगल के गाँव राजगढ़ का रहने वाला हूँ। इस कम्पनी ने हमारे गाँव की ज़मीनें भी खरीदी हैं। हमारे बहुत से लोगों ने ज़मीनें बेच दी हैं। वे आज पश्चाताप कर रहे हैं। जो पैसे लोगों को मिले थे, वे तो सब खत्म हो गए। सब वापस कंगाल हो गए हैं। आप ज़मीन बचाने के लिए लड़ रहे हैं तो हम मरते दम तक आपके साथ हैं। आपने हमें रास्ता दिखाया है।''

इस छोटे से भाषण ने सबको प्रभावित किया। इस नौजवान की सबने तारीफ़ की। फिर मोहर सिंह ने भी रोते हुए अपनी पीड़ा सुनाई कि बच्चों ने उसकी बात नहीं मानकर ज़मीन बेची थी। आज सब मज़दूरी कर रहे हैं।

उसके लिए दो रोटी भी नहीं है। वह गाँव के लोगों के भरोसे जी रहा है। कई बुजुर्गों ने जब यह दर्दभरी दास्ताँ सुनी तो उनकी आँखें भी नम हो गईं।

लाला ने अपनी बात में रखा कि कम्पनी के लोग ज़मीन खरीदने के लिए हमें जातियों में बाँटने की कोशिश करेंगे। जिन लोगों के पास छोटी ज़मीन हैं उन्हें ज़्यादा पैसा देकर उनकी ज़मीन खरीदेंगे। जिनके पास ज़मीन नहीं है, उन्हें बरगलाया भी जाएगा। इन झाँसों में आ गए तो किसी की ज़मीन भी नहीं बचेगी। अपनी बात के अंत में उसने यह भी घोषणा कर दी कि नोपगढ़ की ज़मीन की लड़ाई के लिए वे पूरी तरह से उनके साथ हैं और यहीं रहेंगे।

नोपगढ़ गाँव के लोगों ने कई नेताओं को भी फ़ोन किया कि वे आएँ और उनका साथ दें। लेकिन कोई नहीं आया सिवाय विजेंद्र सिंह के, जो कॉमरेड पार्टी के थे। वे सुबह से शाम तक वहीं रहते।

दिनभर उस दरी पर लोग आपस में बात करते रहते। कम्पनी के कई लोग बीच में आकर उन्हें सामूहिक रूप से या किसी एक को अलग ले जाकर डराते-धमकाते या लालच देते कि वे इन काश्तकारों का साथ न दें। लोगों ने कसम खाई कि वे किसी के बहकावे में नहीं आएँगे।

धरना कई दिनों से चल रहा था। रात को लोग गीत गाते और ढफ़ली बचाकर नाचते। अपनी सदियों से अनकही बातों के लिए लोग ज़बान खोलने लगे। जब शंभू नारा लगाता, ''ज़मीन हमारी, लूट तुम्हारी।''

सारे लोग मुट्ठियाँ बंद करके आवाज़ बुलंद करते, ''नहीं चलेगी, नहीं चलेगी।''

धीरे-धीरे यह ख़बर आस-पास के गाँवों में भी फैल गई। कई लोग देखने आते। राजगढ़ के लोग भी शर्मिंदगी से गर्दन झुकाकर आने लगे। गाँव के घरों से रोटियाँ, सब्ज़ी और छाछ, राबड़ी धरने पर लाई जाती और सब लोग मिलकर खाते। रात को सारे लोग वहीं सोते।

एक रात को जब नीर सो रहा था तो उसे नींद नहीं आ रही थी। उसके मन में कुछ उमड़ रहा था। बगल में सोये लाला को छूकर देखा तो वह भी जाग रहा था। कुछ लोग अभी भी दरी पर बैठे किस्से सुना रहे थे। कुछ चिलम पी रहे थे और कुछ युवा ताश भी खेल रहे थे। जिनको सोना था, वे सो रहे थे।

''यह लड़ाई अधूरी लगती है मुझे,'' नीर ने धीरे से कहा।

‘‘क्यों ?’’ लाला ने पूछा।

‘‘यह मर्दों की ही लड़ाई बन गई है। औरतें तो आतीं ही नहीं,’’ नीर बोला।

‘‘औरतों को आने कहाँ दिया जाता है। क्या तुम्हारी पत्नी होती तो तुम उसे साथ लाते ?’’ लाला मुस्कुराया।

‘‘शायद नहीं। मैं भी तो आपके बीच का ही हूँ। लेकिन मुझे यह गलत लगता है,’’ नीर इतना कहकर सो गया।

‘‘ऐसे नींद उड़ाकर सो नहीं सकते बाबू। बात तो तू सही कह रहा है। चल उठ,’’ लाला ने हाथ पकड़कर उसे खड़ा किया।

दोनों चलकर धरना-स्थल से कुछ दूर आ गए। नीर समझ नहीं पा रहा था कि आख़िर लाला ले कहाँ जा रहा है। ऐसी कौन-सी बात है जो वहाँ नहीं की जा सकती थी। नींद दोनों की ही उड़ चुकी थी। लाला आगे चलता हुआ राजगढ़ के रास्ते पर आ गया। तब नीर ने यह अंदाज़ तो लगा लिया था कि वे अपने गाँव जा रहे हैं लेकिन इस वक्त अचानक क्यों जा रहे हैं, इसका अंदाज़ नहीं कर पाया। अंत में पूछ ही लिया, ‘‘हम गाँव क्यों जा रहे हैं ?’’

‘‘देख बेटा, ऐसा है कि तू तो है निपट कुँवारा। जहाँ चला जाता है वहीं रम जाता है। मोहर सिंह का भी गाँव में कुछ नहीं है। मेरा तो पूरा परिवार है भई। उसे सँभालना तो होगा ही। ऐसे थोड़े ही होता है कि अपना घर भूलकर दुनिया का भला करो। तेरी भाभी को समाचार तो भिजवा दिया था लेकिन घर के हज़ार काम होते हैं। जाकर मिलना तो ज़रूरी है ना।’’ लाला ने अपनी कमीज़ खोलकर कंधे पर धर ली। अब वह बनियान में था।

‘‘आ बात तो सही है लाला। कुँवारे क्या जाने घर–बारी का दर्द।’’ कारण समझते ही नीर इत्मीनान से चलने लगा।

घंटेभर में पहुँच गए राजगढ़। लाला ने घर के बाहर से आवाज़ दी तो शारदा ने आकर दरवाज़ा खोला। आवाज़ सुनकर बाड़े में बँधी भैंस भी बोलने लगी क्योंकि कई दिनों से लाला बाहर था। वह भैंस के पास गया और उसकी पीठ पर कुछ देर हाथ फिराता रहा।

‘‘खाना खाकर आए हो क्या ?’’ शारदा ने पूछा नीर को।

‘‘हाँ, खाकर सो ही रहे थे कि लाला को तेरी याद आ गई। बोला अभी

चलेंगे। मैंने कहा कि भई सुबह चल देंगे तो हाथ पकड़कर घसीट लाया,'' नीर ने ज़ोर से हँसी का ठहाका लगाया।

शारदा भी हँसने लगी। बोली, ''तू भी कर ले ब्याह। कब तक रंडवा रहेगा।''

''देखो, थारे कोई बहण हो तो कर लूँ,'' नीर गंभीर होकर बोला।

''हमारी जात से ब्याह कर ले तो कल ही दिखा दूँ लड़की,'' शारदा ने प्रस्ताव रखा।

''क्यों नहीं कर लूँगा। जात-जूत से कोई लेणा-देणा नहीं है मुझे,'' नीर अंदर से एक चारपाई लाकर चौक में सोने की तैयारी करने लगा।

तभी लाला पहुँच गया। उसने कुछ बातें सुन ली थीं। बोला, ''इसका ब्याह कराने की बात कर रही है क्या तू। यह नहीं करेगा ब्याह। दुनिया बदलेगा। इंकलाबी हो गया है।''

''ब्याह करने से कौन-सा इंकलाब रुक जाएगा। अकेले की बदल लोगे दुनिया। लुगाइयों की दुनिया नहीं है क्या?'' शारदा ने बड़े गुस्से से कहा।

इस सवाल का जवाब नीर और लाला दोनों के पास नहीं था। वे तो खुद इसी सवाल से जूझते हुए यहाँ आए थे। चुप हो गए। नीर वहीं चौक में सो गया और लाला अंदर सोने चला गया।

उस अँधेरी काली रात के बाद नीर अपने गाँव में दूसरी रात बिता रहा था। यह चाँदनी से चमकती रात थी। सब कुछ साफ़ दिखाई दे रहा था। नीर आँखें बंद करने से डर रहा था कि कहीं उस रात की तरह पुरानी, डरावनी और दर्दनाक स्मृतियाँ फिर न दबोच लें। वह उन्हें दोबारा नहीं देखना चाहता था। उस रात सारा निचोड़ तो निकाल ही चुका था अपने अतीत का। लेकिन सोने के लिए तो आँखें बंद करनी पड़ती हैं। अगर सोयेगा नहीं तो कल धरने पर कैसे पहुँचेगा। इसलिए ज़बरन उसने आँखें बंद कर लीं। आँखें बंद करते ही फ़िल्म शुरू हो गई लेकिन यह अतीत वाली नहीं, भविष्य की फ़िल्म थी।

नीर का दिमाग वर्तमान पर खड़ा होकर भविष्य की कल्पना तो कर ही रहा था। उसे अपना फिर बसा हुआ गाँव दिख रहा था, जिसके सारे खेत हरे-भरे थे। हर खेत में चिड़ियों के झुंड उठते हुए चहक रहे थे। ज़मीन से मेंढक

भी निकल आए थे। काश्तकार का अपना बीज था। मंडी में अनाज के दाम व्यापारी नहीं, काश्तकार तय कर रहा था। उसकी शादी भी हो गई थी और बच्चे थे। दिनभर खेत में काम करके शाम को पत्नी के साथ घर आता तो भी थकान महसूस नहीं हो रही थी। रातें आती हैं लेकिन डरावनी नहीं, सुकून से भरी। और उसे नींद आ गई...।

सुबह नीर की नींद देर से ही खुलती है। उसे किसी ने जगाया भी नहीं था। सूरज सर पर चढ़ आया था। धूप महसूस होने लगी तो आँखें खुलीं। लाला और शारदा घर का सारा काम निपटाकर नहा-धोकर तैयार हो गए थे। वह भी निवृत्त होकर तैयार हुआ। जब चलने लगे तो लाला के साथ शारदा भी चल रही थी। वह नहीं समझ पाया कि भाभी कहाँ जा रही है। सोचा, 'शायद शहर किसी काम से जा रही होगी। बस में बैठा देंगे।'

''भाभी शहर जा रही हो क्या?'' नीर ने घर से निकलते ही पूछ लिया।

''नहीं। तुम्हारे साथ जा रही हूँ ना,'' शारदा बोली।

''हमारे साथ धरने पर!'' नीर को बड़ा आश्चर्य हुआ।

''तू कल कह रहा था ना कि लड़ाई अधूरी है। सिर्फ़ मर्दों की ही है। हम तो अपने हिस्से की इसे पूरी कर रहे हैं। देखकर दूसरे भी शायद कर पाएँ,'' लाला बिना रुके पूरी बात कह गया।

''यह तो खुद ही आधा है। लड़ाई पूरी कहाँ से करेगा,'' शारदा ने चुटकी काटी।

शारदा के इस ताने का जवाब न देने में ही नीर ने अपना जवाब समझा। हल्की हँसी में बात को टालते हुई दूसरी बातें करने लगा। चलने की गति तेज़ थी क्योंकि समय पर नोपगढ़ पहुँचना था। जब उन्होंने नोपगढ़ गाँव में प्रवेश किया तो कुछ लोगों ने औरत को साथ देखकर अजीब-सा महसूस किया। हमेशा जोश से दुआ-सलाम करते हैं लेकिन आज चुपके से गर्दन नीची करके बगल से निकल जाते जैसे कि उन्होंने देखा ही न हो या पहचाना ही न हो। यह बात इन तीनों को ज़रूर मालूम हो गई थी कि धरना-स्थल पर जब पहली बार कोई औरत जाएगी तो कुछ हंगामा हो सकता है। वे इसके लिए तैयार भी थे। समझाने के लिहाज़ से भी वे अपने तर्कों को धार दे चुके थे।

जो अंदेशा था, वही हुआ भी। शारदा को देखते ही सब असहज हो गए।

वह भी उनके साथ दरी पर एक तरफ़ बैठ गई। एक तो औरत धरने पर आई थी और ऊपर से घूँघट भी नहीं था। संचालन करने वाले शंभू की भी देखते ही जबान लड़खड़ाने लगी। वह 'हमारे बीच...हमारे बीच' से आगे ही नहीं बढ़ पा रहा था। एक खामोशी चारों तरफ़ फैल गई। कोई पहले बोलने का खतरा नहीं लेना चाहता था। क्या मालूम उसकी बात से किसी की भावनाएँ आहत हो जाएँ। ऐसा कभी इस गाँव में नहीं हुआ था कि बिना घूँघट की कोई औरत मर्दों के बीच बैठी हो।

इस तरह का माहौल देखकर नीर ने साहस किया और जाकर शंभू से माइक ले लिया। शंभू ने राहत की साँस ली। उसे जीवन में पहली बार महसूस हुआ कि वह परम्पराओं के बीच ऐसा घिरा था कि शब्दविहीन और साहसरहित हो गया। सच कहने से डर रहा था और झूठ बोल नहीं सकता था। ऐसी स्थिति में इंसान को कोई उस द्वंद्व से अलग कर दे तो वह बिना लड़े जीते गए युद्ध के विजेता जैसा महसूस करेगा। जहाँ ईमान भी बच जाए और कुफ़्र भी न हो।

''दोस्तो, आपकी उलझन मैं समझ सकता हूँ। शारदा भाभी के आने के कारण आपको अजीब लगा होगा। मुझे तो ऐसा ही लग रहा है आपको देखकर। हम इन्हें नहीं लाए हैं। हमने तो सिर्फ़ अपना संकट इन्हें बताया और ये खुद आने को तैयार हुईं। मुझे और लाला को लग रहा है कि यह लड़ाई अधूरी है जब तक महिलाओं को साथ नहीं लाएँगे। क्या सिर्फ़ मर्द ही काश्तकार होते हैं? क्या उन्हीं का ज़मीन पर हक होता है? ऐसा नहीं होता। औरत भी काश्तकार होती है। उसे भी अपनी ज़मीन से उतनी ही मोहब्बत होती है जितनी हमें। वह भी उतनी ही मेहनत करती है, जितनी आप और हम करते हैं। अगर ज़मीन जाती है तो उसे भी उतने ही दुख-दर्द सहने पड़ते हैं। हमसे पहले वह घर में भूखी सोयेगी। और हम लड़ाई अकेले ही लड़ लेंगे...मैं तो सहमत नहीं हूँ... दोनों को सब कुछ साथ करना होगा,'' नीर ने बहुत गुस्से से अपनी बात कही।

कुछ लोगों ने सहमति में सिर हिलाये लेकिन बहुत से ऐसे भी थे जिनको यह बात हज़म नहीं हो रही थी। सूबेदार तारा सिंह ने मूँछों पर ताव देते हुए कहा, ''जब औरतें यहाँ धरने पर आएँगी तो घर का काम कौन करेगा। यहाँ ज़मीन बचाने के लिए आए हैं, तुम तो फ़ालतू का झँझट खड़ा कर रहे हो।''

''घर में काम मिलकर कर सकते हैं। देखो, लाला भी करता है। सिर्फ़

ज़मीन बचाने से कुछ नहीं होगा, हमें अपने आप को भी बदलना है। बिना बदले अगर ज़मीन बचा भी ली तो वह फिर कोई हड़प लेगा। हमें बराबरी से रहना होगा,'' नीर ने सब्र से सूबेदार की बात का जवाब दिया।

''यह बात सही है। बराबरी होनी चाहिए,'' युवाओं के झुंड ने एक स्वर में कहा।

''अगर सही है तो जाओ और बुला लाओ गाँव की औरतों को,'' नीर ने ऐलान किया और माइक लेकर बैठ गया।

सारे युवा तुरंत चल पड़े घरों की ओर। धरने पर बैठे लोग आपस में खुसर-पुसर करने लगे। कुछ बात को सही तो मान रहे थे लेकिन कह रहे थे कि अपने समाज में ऐसा होता ही नहीं है। कुछ कह रहे थे कि कम्पनी से लड़ने के लिए करना ही पड़ेगा।

मुश्किल से पंद्रह मिनट हुए होंगे कि गाँव की सारी औरतें घरों से निकलकर आ गईं चौक में। वे गीत गाती हुई आ रही थीं। धरने का नज़ारा ही बदल गया। उन्होंने भी एक तरफ़ दरी बिछा ली और बैठ गईं। लाला कोने में अकेली बैठी शारदा की तरफ़ देखकर मंद-मंद मुस्करा रहा था। शारदा भी उठी और जा पहुँची महिलाओं की दरी पर।

अब हर दिन धरने पर महिलाएँ आने लगीं। सुबह घर का काम करके सारे लोग पहुँच जाते और शाम तक वहीं रहते। उधर कम्पनी ने राज से एक नया नोटिस जारी करवाया था कि अगर पंद्रह दिन में काश्तकार अपनी ज़मीन कम्पनी को नहीं बेचेंगे तो कम्पनी उस पर कब्ज़ा कर लेगी। राज के साथ उसका समझौता हुआ है।

काश्तकारों ने कई बार अपनी माँगें राज के पास जाकर रखीं। नेताओं से लेकर अफ़सरों तक, सबको दर्द बताया लेकिन किसी के कान पर जूँ तक नहीं रेंगी। विजेंद्र सिंह ने कुछ किसानों को लेकर ज़िला कलेक्टर के यहाँ धरना दिया लेकिन अधिकारी उनकी बातों को सुनने की बजाय कम्पनी को ज़मीन देने की पैरवी करने लगते।

जब इस नोटिस की जानकारी धरने पर बैठे लोगों को मिली तो उन्होंने सोच-विचार करना शुरू कर दिया। वे एक-दूसरे की राय ले रहे थे कि ऐसी स्थिति में क्या करना चाहिए! सब लोगों का मानना था कि ज़मीन तो नहीं

छोड़ेंगे, चाहे कम्पनी और राज कुछ भी कर लें। नीर भी यही चाहता था। उसकी राय का लोग सम्मान भी करते थे क्योंकि एक तो उसका कोई स्वार्थ नहीं था। उसकी तो ज़मीन भी नहीं बच रही थी। वह तो पहले ही कर्ज़ में अपनी ज़मीन खो चुका था। दूसरी बात यह थी कि धरने को सुचारू तरीके से चलाने में वह बड़ी मेहनत से लगा हुआ था। दिन–रात एक कर दिया था। नीर को अपने दादा जागेराम की वह बात यहाँ पर अक्सर याद आती, ''काश्तकार राम के मारे नहीं मरता, राज के मारे मरता है।''

शारदा हर दिन वहाँ आने लगी घर का काम करके। उसके साथ राजगढ़ की कुछ महिलाएँ भी आने लगीं। वह अकेली महिला थी जो माइक पर खड़ी होकर भाषण भी देती थी।

जेठ का महीना लग गया था। आज की रात भी आसमान में बादल घुमड़ रहे थे। बिजली चमक रही थी और उससे धरने पर बैठे लोगों की आँखें भी चमक रही थीं। लोगों की रगों में सोया हुआ खून जाग रहा था। उन्हें अपने खेत याद आ रहे थे। इस दौरान वे खेतों को सँभाल ही नहीं पाए थे। पहले तो एक दिन भी खेत में जाए बगैर शायद ही कोई रहता हो। अब तो सवाल खेत को सँभालने का नहीं बचाने का था ना। जब खेत कम्पनी के पास चला जाएगा तो सँभालने का क्या मतलब। घरों में सोए लोग भी बादल देखकर चौक में धरने पर आ गए थे। जेठ की पहली बरसात के हल्के से आसार भी आसमान में दिख जाएँ तो काश्तकार को नींद नहीं आती। आसमान और खेत के अलावा कुछ नहीं दिखता उन्हें। महिलाएँ भी आ गई थीं चौक में। अब उन्हें कोई मना नहीं करता। दिन हो या रात, वे जब चाहें अपनी मर्ज़ी से धरने पर आ जाती हैं। सबको जाते देखकर बच्चे भी आ गए। वे उछलते हुए 'आँधी आई मेह गाज्यो, टीकू नारो ले भाज्यो' कहकर नाच रहे थे। महिलाएँ गीत गाने लगीं और मर्दों ने भी हल जोतने के समय गाये जाने वाले गीत की टेर छेड़ दी।

नीर की खुशी का आज कोई ठिकाना नहीं था। उसको लग रहा था कि वह उड़कर बादलों को चूम ले। बुजुर्गों के चेहरे भी खिल गए थे। नीर को कभी किसी बुजुर्ग में अपने दादा जागेराम की छवि दिखाई देती तो कोई महिला बिलकुल अपनी माँ जैसी लगती। वह धरने पर ही रहता था तो एक

दिन शारदा से अपने कपड़ों की पोटली भी यहीं मँगवा ली थी। उसने पोटली से वह गमछा निकाला जिससे उसके बाप ने फाँसी लगाई थी और उस रात ख़ुद उसने भी कड़ी से फंदे की तरह लटकाया था। पूरी ताकत से गमछे को हवा में लहराया। फिर सर पर कसकर बाँध लिया।

धरने का माइक रात को बंद कर दिया जाता है। अचानक माइक बजा तो सब लोगों का ध्यान उस तरफ़ टिक गया। गाना-बजाना बंद हो गया। शांति हो गई। लोगों को लगा कि यह क्या हुआ है? तभी माइक पर नीर ने बोलना शुरू किया, ''बरसात आज आएगी पक्की। सुबह सब लोगों को अपने खेत जोतने हैं। हो सकता है कि कम्पनी के लोग खेतों में आपको न जाने दें। अगर खेत जोत देंगे तो कम्पनी ज़मीन नहीं ले पाएगी। कम्पनी और राज, दोनों यही तो दलील देते हैं कि यह ज़मीन बंजर है। यहाँ कुछ भी पैदा नहीं होता है। इसलिए यहाँ फ़ैक्टरी लगाई जाए। हमें अपनी ज़मीन बंजर साबित नहीं होने देनी है। उस पर फ़सल खड़ी करनी है। सब मिलकर खेतों में जाएँगे। हर स्थिति का मुकाबला करने को तैयार रहना है। अपने घरों में ख़ुद का बीज बोने के लिए बाँध लो। बाज़ार का बीज नहीं बोयेंगे। ट्रैक्टरों में तेल डाल लो।''

सारे लोग तुरंत घरों की तरफ़ रवाना हो गए। वहाँ सिर्फ़ चार ही लोग बचे—नीर, लाला, शारदा और मोहर सिंह। बादलों की तरफ़ देखता हुआ मोहर सिंह फफक-फफक कर रोने लगा। नीर ने उसके कंधे पर हाथ रखते हुए पुचकारा। सब्र रखने की सलाह दी। दर्द तो सब जानते थे उसका। वह सुबक-सुबककर रोते हुए कह रहा था, ''आज मेरी भी ज़मीन होती तो मैं जोतता। कुछ नहीं बचा। सब खत्म हो गया।''

नीर ने समझाया कि जो हो गया, उस पर रोने से कोई फ़ायदा नहीं। आगे का ध्यान रखना चाहिए। यह ज़मीन की लड़ाई नोपगढ़ की अकेले की नहीं है, हमारी भी है। इसको जीतते हैं तो हमारी भी जीत होगी। ज़मीन आपने नहीं, आपके बेटों ने बेची है। वह उनका चुनाव था। यह लड़ाई आपने चुनी है। इतिहास आपको इसी के लिए याद रखेगा।

लोग अपने घरों में देशी बीज खोजकर पोटली में बाँध रहे थे। जिनके पास देशी बीज नहीं था, वे पड़ोसियों से उधार ले रहे थे। खेत जोतने के समय गाँव में कोई भी किसी को बीज के लिए मना नहीं करता। मतीरे और

ककड़ी के बीजों का लेना-देना हो रहा था। कुछ घरों में तो हल जोतने के वक्त बनाई जाने वाली खिचड़ी भी चढ़ा दी गई थी।

बरसात भी जमकर हुई। धरती को पानी से तर कर दिया। माटी से सौंधी महक उठने लगी। कुछ मेंढक भी आ गए थे टरने के लिए। सुबह से पहले सारे लोग चौक में आकर इकट्ठे हो गए। सूरज निकलने के साथ ही काफ़िला रवाना हुआ। सारे लोग साथ थे। नीर ने माइक भी साथ ले लिया था। सबसे आगे के ट्रैक्टर में नीर, लाला, और शारदा थे। ज्यों ही काफ़िला गाँव से निकलकर खेतों की तरफ़ आगे बढ़ा तो सामने टीले पर तैनात पुलिस दिखी।

पुलिस के हाथों में लाठी और बंदूकें थीं। गाँववालों के पास कुछ खेती के यंत्र थे और बाकी सब निहत्थे थे। पुलिस माइक पर ऐलान कर रही थी कि आगे मत बढ़ो। राज का आदेश है कि खेत कम्पनी को देने होंगे। यह देश के विकास का सवाल है। देश के साथ किसी तरह का समझौता नहीं करेगा राज।

''ज़मीन हमारी है। हम कम्पनी को नहीं देंगे। हमारे खेत हम जोतकर रहेंगे,'' नीर ने अपना माइक चालू करके जवाबी ऐलान कर दिया।

माइक पकड़ा हुआ पुलिस वाला लगातार चेतावनी दे रहा था, डरा रहा था और ज़ोर से चिल्ला रहा था। दूर किनारे खड़े कम्पनी के कारिंदे हँस रहे थे। वे सुरक्षित जगह पर खड़े थे।

काश्तकारों का काफ़िला आगे बढ़ा। पुलिस से मुठभेड़ हुई। बेरहम सिपाहियों ने पहले तो लाठियाँ चलाईं और फिर गोलियाँ। महिलाओं और बच्चों के सिर फूट गए। पाँच लोग मारे भी गए जिसमें एक मोहर सिंह भी था। लोग तितर-बितर होकर खेतों में घुस गए और कुछ खेतों को जोत दिया। पुलिस वाले पीछे दौड़ते रहे और ट्रैक्टर वाले खेत जोतते रहे। जो बीज ज़मीन में पड़ेगा वह तो उगकर ही रहेगा। कुछ लोग घायलों को अस्पताल ले जाने लगे। बहुत से लोगों को पुलिस ने गिरफ़्तार कर लिया था। उन पर लम्बे केस चले।

कम्पनी को ज़मीन नहीं मिलने के कारण प्रोजेक्ट रद्द करना पड़ा। आज इस गाँव के काश्तकार अपनी ज़मीन के मालिक हैं और खुद का ही बीज बो रहे हैं। नीर अभी भी जेल में है। उस पर हिंसा भड़काने का आरोप है। जो भी कोई उससे मिलने जाता है तो वह एक ही बात पूछता है कि काश्तकार बोल रहा है ना। कहीं वह चुप तो नहीं हो गया!

वह सुबह के लिबास में शब थी

अब शहरों की ही नहीं बल्कि गाँवों की तासीर में भी हर रोज़ तब्दीलियाँ देखी जा सकती हैं। ये इतनी तेज़ी से बदल रहे हैं कि इंसान उस बदलाव को अपने जीवन में ठीक से ढाल भी नहीं पाता कि उससे पहले ही, जो कल तक नया था वह पुराना हो जाता है। रातों-रात उत्पाद से लेकर फ़ैशन तक बदल जाते हैं। हर कोई नए के पीछे भागने लगता है और पुराने को छोड़ देता है। कुछ ऐसे भी होते हैं जो पुराने को इतनी मज़बूती से पकड़कर रखते हैं कि उन्हें कुछ भी नया कबूल नहीं होता। उसी ज़माने में एक लड़का था अंकुर। वह हर नई चीज़ के पीछे लालायित रहता था। पहनने के कपड़ों से लेकर मोबाइल और बाइक तक लोग उसकी नकल करते थे। बाज़ार में लॉन्च होने वाली किसी भी चीज़ की जानकारी भजनगढ़ गाँव के लोगों को चाहिए होती तो वे बेझिझक अंकुर से सम्पर्क करते। वह बड़े इत्मीनान से, सूक्ष्म-से-सूक्ष्म जानकारियों के साथ आनंदायक अंदाज़ में गाँव वालों को नई चीज़ों के बारे में बताया करता था।

अंकुर की बातों पर गाँववालों को पूरा विश्वास था क्योंकि बिना पूरी जानकारी के वह किसी वस्तु के बारे में कभी भी डींग नहीं हाँकता था। न ही किसी को कोई प्रलोभन देकर अपना स्वार्थ सिद्ध करने की कोशिश करता। जितना मालूम है, उसे रोचकता से प्रस्तुत करना मात्र ही उसकी अदा थी। अभी अपनी उम्र के मुताबिक वह कॉलेज में पढ़ाई कर रहा था। जिस तरह से कॉलेज के अन्य लड़के नशे से लेकर अपराध तक की तमाम गैर-कानूनी गतिविधियों में लगे रहते थे, उसी समय अंकुर दुनियाभर में बन रही नई चीज़ों के बारे में जानकारियाँ जुटाता रहता। पहले तो अख़बार और पत्रिकाओं के सहारे वह इस कार्य में लगा रहता लेकिन आजकल इंटरनेट के कारण उसका काम बहुत आसान हो गया।

आज की सुबह वह अपनी आदत के मुताबिक नई चीज़ों को सर्च कर रहा है कि उसके सामने जो चीज़ आई उसी से दुनिया देखने का अंकुर का नज़रिया बदल गया। अब उसे न पहले की तरह हरियाली दिखती है, न दरख़्त और यहाँ तक कि इंसान भी उसे अपने पूरे अस्तित्व में नहीं दिखते हैं। सब कुछ टुकड़ों में दिखने लगा। पेड़ों की टहनियों से लेकर पत्तों तक बिखरे हुए दिखाई देते। वह उन्हें जोड़कर पेड़ बनाता कि फिर से कोई टहनी हवा में बिखर जाती। कोई पत्ता उड़कर दूर आसमान में उसे चिढ़ाता रहता। उस पत्ते को पकड़कर यथास्थान लाता कि इतने में एक जड़ ज़मीन से निकलकर फूल पर लटक जाती। ठीक ऐसी ही बात इंसानों को देखते वक़्त होती। कोई हड्डियों का ढाँचा दिखता तो कोई अपने ही जिस्म के सारे गोश्त का ढेर बनाकर उसके पास बैठा होता। उस गोश्त से आती हुई बदबू इतनी भयानक होती कि उसका भागने का जी चाहता और वह उस गोश्त के ढेर से अपनी टाँगों के गोश्त के टुकड़े उठाकर उन्हें आपस में जोड़ने लगता।

उस सुबह उसने एक ऐसा वीडियो देखा था जो धरती पर इंसान को यंत्रों के माध्यम से रिप्लेस करने का था। बहुत से विचित्र दिखने वाले यंत्रों का कहीं आविष्कार हुआ था और बड़ी संख्या में वे दुनियाभर में फैल रहे थे। एक यंत्र किसी इंसान के पास आता और उसे कुछ देर के लिए पूरा निगल जाता। उस यंत्र का मुँह बहुत विशाल था। इंसान हवा में लहराते हुए यंत्र की तरफ़ खिंचता चला जाता और बहुत ही जल्दी पूरा उसी में समा जाता। देखने में ये यंत्र इतने सुन्दर और आकर्षक थे कि इंसान उसमें समा जाने के प्रति विरोध करने की बजाय खुशी महसूस करता। लोगों में होड़ लगी हुई थी उस यंत्र में समा जाने के लिए।

अंकुर गर्मी की सुबह में दही-रोटी का नाश्ता करके कोई नई चीज़ खोजने के लिए नेट पर वीडियो देख ही रहा था कि यह वीडियो सामने आ गया। एक बार तो वह इसे नज़रअंदाज़ करके आगे बढ़ने ही वाला था कि वीडियो अपने आप शुरू हो गया। उसने कई बार कोशिश की उसे बंद करने की लेकिन वीडिया बंद हुआ ही नहीं। अचानक उसे लगा कि इसके संचालन की शक्ति किसी ने उससे छीन ली है। अब इसे पूरा देखने के अलावा उसके

पास कोई चारा नहीं है। जिस मोबाइल के बटन ने उसे असीमित ताकत दे रखी थी, एक क्लिक पर दुनिया-जहाँ में विचरण कर पाता, उस बटन के छिनते ही वह एकदम गतिहीन हो गया। शरीर में खून थोड़ा ठंडा होकर धीरे-धीरे बहने लगा। अब वह महसूस करने लगा था कि खून के चलने की गति और रोम-रोम में होने वाली हरकतों को।

जब वीडियो में वे विचित्र यंत्र देख रहा था तो एक बारगी तो उसे यकीन नहीं हुआ कि क्या ऐसा भी मुमकिन हो सकता है। उस यंत्र के अंदर जाने के बाद इंसान वापस भी लौटकर आता है लेकिन टुकड़ों में। कुछ देर इंसान उसके अंदर रहता है और फिर अचानक उसका एक पैर बाहर आता है। अंकुर जब तक पैर को देख रहा होता उतनी देर में धड़-हाथ सहित एक-एक करके जिस्म के तमाम हिस्से बाहर आते हैं और फिर वापस जुड़ते हैं। अंत में इन टुकड़ों के जुड़ने से वे शक्ल तो इंसान की ले लेते हैं मगर हरकतें सारी-की-सारी यंत्रों वाली करने लगते हैं। ये यंत्र इतनी तेज़ी से और बड़ी संख्या में यह बदलाव कर रहे थे कि बहुत कम समय में धरती के सारे इंसानों में ऐसा बदलाव होना तय था।

इस वीडियो को देखकर अंकुर ऐसी मनोदशा में था कि न तो वह उसे स्वीकार कर पा रहा था और ना ही अस्वीकार। स्वीकार तो इसलिए नहीं कर पा रहा था कि ऐसा भयावह नज़ारा न कभी देखा था और न कभी सुना। अस्वीकार करने का साहस ही नहीं था, जो सामने घट रहा था उसको मन नकारे कैसे।

तभी उसका मन भी ललचाया कि वह इस यंत्र में अपना बदलाव कर ले। वह अपने मन के घोड़े को उस मोहक यंत्र के विशाल मुँह की तरफ़ दौड़ाने वाला ही था कि विवेक ने लगाम खींच ली। घोड़े के पाँव ज़मीन में धँस गए। धूल का एक छोटा-सा बवंडर भी उड़ा। ये यंत्र वैसे ही लोगों को बदलने में लगे थे।

उसे कई बार ऐसा लग रहा था कि जो इस विचित्र मोहक यंत्र में समा रहे हैं उन्हें शायद वह जानता है। कई बार पहचानने की कोशिश की। उन्हें आवाज़ें दीं लेकिन तभी ख़याल आया कि वह तो वीडियो देख रहा है, कोई हकीकत नहीं है। दिल में कुछ राहत होती लेकिन चंद ही पलों में हकीकत और आभास के भ्रम की दूरियाँ पट जातीं। वह चल रहे घटनाक्रम का परिवेशीय हिस्सा हो जाता।

जब लोग इस यंत्र से बाहर आ रहे थे तो पहला बदलाव तो यह दिखता कि उनकी हँसी गायब थी। सबके चेहरों के भाव एक जैसे हो जाते। चेहरे पानी के छींटे मारकर प्रेस किये गए कपड़ों की तरह दिखते। बिना सलवटों और झुर्रियों के। सबकी चाल एक जैसी हो गई थी। एक ही गति थी। अगर इन लोगों में दौड़ करवाई जाए तो निश्चित रूप से सब बराबर दौड़ेंगे। कोई आगे-पीछे नहीं रहेगा। इनकी आवाज़ें एक जैसी हो गई थीं। आप सोचिये कि एक जैसी आवाज़ों के हज़ार लोग एक साथ गाना गाएँ तो कैसा लगेगा! सुर मिलाने की ज़रूरत ही नहीं होगी। अपने आप मिले हुए थे।

यंत्रों से बदले हुए इन लोगों की पसंद भी एक जैसी थी। सबको आलू की सब्ज़ी पसंद थी। कोई पालक, गोबी और नॉनवेज जैसा कुछ खाता ही नहीं। सब्ज़ी में मसालों की मात्रा भी सबको एक जैसी चाहिए थी। ये लोग सारे काम दायें हाथ से ही करते थे, कोई भी बायें हाथ का इस्तेमाल करने वाला नहीं था। जबकि अंकुर बायें हाथ से ही पढ़ता-लिखता है।

इन बदले हुए लोगों की भाषा अगर आप सुनें तो एकसमान संरचनाओं के वाक्य सुनेंगे। कोई भी टूटा-फूटा वाक्य नहीं बोलता। न कोई देशज शब्दों का प्रयोग कर रहा होता। नींद भी सबको एक ही साथ आती। समय के एक पड़ाव पर पहुँचते तो सब लोग पलक झपकते ही सो जाते। ऐसे ही सुबह सबकी आँखें भी एक साथ खुलतीं जैसे सबने एक ही मुर्गा पाल रखा है और उसकी बाँग पर उठने का वादा कर रखा हो। कभी कोई वादा तोड़ता ही नहीं। वादे तोड़ने पर संसार में बने हज़ारों गानों से अनजान हो गए थे ये लोग।

इस बार कुछ तो अंकुर के मन का घोड़ा उस विचित्र, मोहक यंत्र की तरफ़ बढ़ा और कुछ उस यंत्र का विशाल दरवाज़ा अंकुर की तरफ़ बढ़ा। दोनों का मिलन होने वाला ही था कि विवेक ने फिर से रोक लिया।

अंकुर सोच रहा था कि इन लोगों को सपने भी शायद एक जैसे ही आते होंगे। कैसे होंगे इनके सपने? उसने अपनी कल्पना के सारे घोड़े दौड़ा लिए लेकिन वह बदले हुए इन लोगों के सपनों की सरहद तक न जा पाया। यह भी हो सकता है कि शायद इन लोगों को सपने न आते हों। इन्हें कभी सपनों की ज़रूरत ही न पड़ी हो।

अंकुर ने सोचा कि शायद इन लोगों की रंगों की पंसद भी एक जैसी होगी। वह कौन-सा रंग होगा जिसको ये पसंद करते होंगे। उसने वीडियो की हर बात को गहराई से जानने की कोशिश की लेकिन वह रंग मिला ही नहीं। असल में इनका किसी रंग से कोई ताल्लुक था ही नहीं। फूल गुलाबी हों कि स.फ़ेद, इन्हें आकर्षित नहीं कर पाते। बगीचे में बैठे हों कि कूड़े के ढेर पर, इनकी नाक कोई हलचल नहीं करती। वे बगीचे में भी वैसे ही बेपरवाह घूम रहे होते जैसे बाज़ार में घूमते हैं। फूल को ऐसे मसलते जैसे कि बस की किसी पुरानी टिकट की गोली बनाकर कचरापात्र में डाली जाती है। कूड़े के ढेर पर भी ऐसे इत्मीनान से खाना खाते जैसे कि किसी दावत में आए हों।

विचित्र मोहक यंत्र अब भी अपने काम में लगे हुए थे। उन्हें किसी ईंधन की ज़रूरत ही नहीं थी। हाँ, बाज़ार ये बदले हुए लोग भी जाते थे। एकदम लाइन से। एक ही दुकान पर जाते। आलूवाले के सारे आलू खत्म हो गए थे। करेले और लौकीवालों का पावभर सामान भी नहीं बिका था। पैंट जितनी मौजूद थीं, सब लोगों की कमर पर टँगी दिख रही थीं और पाजामे वैसे ही दूकानों में भरे पड़े थे। अनार का जूस बेचने वाला दुकान समेटकर घर जाने की तैयारी कर रहा था और आम का जूस बेचने वाला एक अदद ग्राहक के इंतज़ार में बेचैन हो रहा था।

अंकुर को इस बार कोई नहीं बचा पाया। मन का घोड़ा विवेक को रौंदता हुआ विचित्र मोहक यंत्र की तर.फ़ बढ़ने लगा। गर्द के गुबार ने आसमान के नीलेपन को छुपा दिया था। बदले हुए लोगों ने उसकी तर.फ़ ध्यान नहीं दिया लेकिन जो अभी बचे थे, वे शायद चिल्लाकर उसे रोकने की कोशिश कर रहे थे। लेकिन अब घोड़ा रुकने वाला नहीं था। उधर से वैसे ही विचित्र, मोहक यंत्र भी तेज़ी से उसकी तर.फ़ बढ़ रहा था और एक जगह वह बिंदु आया जहाँ पर अंकुर यंत्र में समा चुका था। उसके साथ अंदर क्या हुआ, इसे तो वह खुद भी नहीं जानता है। जब बाहर आया तो पुर्ज़ों में आया। धीरे-धीरे वे टुकड़े मिले और एक सम्पूर्ण अंकुर बना।

वह वीडियो खत्म हो चुका था। अंकुर के भौतिक ढाँचे में कोई तब्दीली नहीं आई थी। वह बिलकुल पहले जैसा था। लेकिन उसके ज़ेहन में कहीं कुछ बदल गया था। कुछ मनोवैज्ञानिक परिवर्तन हुआ था। यही कारण था कि उसे चीज़ें टुकड़ों में दिखने लगीं।

अंकुर के सामने कुछ रास्ते थे जिनके ज़रिये वह जी सकता था। एक रास्ता तो यह था कि वह दुनिया को टुकड़ों में देखने की आदत डाल ले। जैसे लोग सम्पूर्णता में देखकर जीवन जीते हैं, वैसे ही वह टुकड़ों के सहारे जी लेता। उसके अलावा किसी को इस हादसे की जानकारी भी तो नहीं। बताता भी कैसे! पागल करार देकर मज़ाक उड़ाते लोग। दूसरा रास्ता यह था कि वह किसी मनोचिकित्सक से अपना इलाज करवाता। शायद उसे बीमारी समझ में आ जाए। लेकिन उसने जो रास्ता चुना वह इनसे अलहदा था। उसने दुनिया की सारी चीज़ों को देखना बंद कर दिया, सिवाय अपनी पसंद की चीज़ों के। इसके मायने यह है कि वह उसी चीज़ को देखता जिसे देखना चाहता हो। किताब पढ़ता रहता है और आप सामने आकर खड़े हो गए तो भी उसे नहीं दिखेंगे। हो सकता है कि आप उसे दिख रहे हों। नहीं दिखने का बहाना करता हो। लेकिन ऐसा कई बार हुआ है कि वह किसी दुकान में गया तो उसे दुकानदार के अलावा रास्ते के इंसान भी नहीं दिखे। वह रास्ते के लोगों से टकराया भी है। कई बार तो एक्सीडेंट होते-होते बचा।

अब गाँव के लोगों और अंकुर दोनों ने यह स्वीकार कर लिया कि उसे दिखाई देने में कोई समस्या है। वह घर पर ही रहता है और महीनेभर का राशन एक साथ दुकान से ले आता है। कविता लिखता है और उसकी कविता में भी आपको कुछ चुनिंदा चीज़ें ही मिलेंगी। हर बात का एक हिस्सा गायब कर देता है वह। माँ-बाप कम उम्र में ही गुज़र गए। शादी अभी तक की नहीं थी। सुना है कोई एक प्रेमिका थी जिसका यह आजकल कभी ज़िक्र नहीं करता। दोस्तों के नाम पर वह कहता है कि अधिकांश मर गए और जो कुछ बचे हैं उनको इसने मरा हुआ समझ लिया।

ज़मीन है जिस पर कुछ पैदावार होती है। बटाई पर दे रखी है और उसी आमदनी पर बसर करता है। अब वह नई चीज़ें खोजने का शौक छोड़ चुका है। रहता अपनी ही धुन में है। कभी कोई मिल गया तो कहता है कि कुछ आविष्कार कर रहा है। कभी पूरा होगा तो बताएगा ज़माने को।

अंकुर ने कुछ पशु पाल रखे हैं जिनका दूध और ब्रेड ही उसका भोजन है। कपड़े कई सालों पहले एक जोड़ी सिलाए थे। जब वह घर से बाहर

निकलता है तो उन्हें पहन लेता है। घर में बनियान और लुंगी ही काफ़ी है। इस बाबत वह अपने बुजुर्गों का कोई किस्सा भी सुनाता है कि उनके पास भी एक जोड़ी कपड़े होते थे। किसी गाँव में शादी में जाते तो पहनते और बाकी के दिनों ये कपड़े खूँटी पर आराम फ़रमा रहे होते।

अंकुर ने अपना खेत सुशील को बटाई पर दे रखा है जो उसकी तरह अकेला है। सुशील उसके कुछ कामों में सहयोग कर देता है। गाँव के लोग अंकुर को करीब-करीब भूल से चुके हैं। चर्चाओं में उसका ज़िक्र आना ही बंद हो गया, क्योंकि लोगों को उसके बारे में कुछ भी नहीं मालूम है। वे बस इतना जानते हैं कि उसे दिखने में कुछ समस्या है, तो घर में ही रहता है।

एक दिन अचानक यह हुआ कि सुशील ने गाँव में आकर एक ऐलान कर दिया। उसने कहा कि अंकुर अपने घर का सारा सामान लोगों में बाँटना चाहता है। वह गाँव छोड़कर कहीं जा रहा है। उसका आविष्कार पूरा हो गया है। यह ऐलान सुनते ही गाँव की भीड़ उसके खेत की तरफ़ उमड़ पड़ी। भीड़ में बच्चे, जवान और बूढ़े सब शामिल थे। बच्चे भागे जा रहे थे, जवान लम्बी डग भर रहे थे और बूढ़े हाँफते हुए लाठी के सहारे बिना रुके रोज़ाना की गति से तेज़ चल रहे थे।

जब लोगों के कारवाँ ने अंकुर के खेत की सीमा में प्रवेश किया तो वह सामने अपने घर की दहलीज़ पर खड़ा दिखाई दिया। आज वह हँस रहा था और चेहरा इतना खुश था कि बुज़ुर्गों को उसका बचपना याद आ गया। ऐसा खुश तो सुशील ने भी नहीं देखा उसे कई सालों से। बिलकुल अंकुरित हुए चने की तरह।

चूँकि बच्चे दौड़कर आए थे तो सबसे पहले वे पहुँचे। अंकुर ने उन्हें कहा कि घर में से कोई एक चीज़ हर बच्चा ले सकता है। एक से ज़्यादा कोई भी नहीं लेगा। जो पसंद आए, उसे ले लीजिए। बच्चे घर के सामान पर टूट पड़े। पहले कोई एक चीज़ उठाते और फिर उससे बेहतर की तलाश में उसे वापस रख देते। कुछ ही देर में सारे बच्चे आपस में लड़ने लगे। बहुत हल्ला होने लगा। इस घर ने भी कई बरसों बाद इतने ज़ोर की आवाज़ें सुनी थीं। अमूमन तो यहाँ खामोशी का ही बसेरा था।

जवान लोग भी हैरत में थे। हालाँकि बच्चों की तरह अपनी पसंद की

कोई एक चीज़ उठाने की छूट उन्हें भी थी। उनमें से कोई भी सामान उठाने की पहल नहीं कर रहा था। सब एक-दूसरे की तरफ़ देख रहे थे। उन्हें समझ में नहीं आ रहा था कि कोई इंसान कैसे अपना घर लुटा सकता है। लोग तो घर बनाने के लिए खून तक कर देते हैं। उनकी नज़रों में अंकुर का कद बढ़ गया था।

बूढ़े लोगों ने आते ही उसे बैठाकर बातचीत शुरू की और गाँव छोड़ने का कारण पूछा। अंकुर ने साफ़ बताया कि उसने एक ऐसी मशीन का आविष्कार कर लिया है जिसमें कुछ समय इंसान रह जाए तो उसकी मरी हुई इंसानियत वापस लौट आती है। वह यंत्र से मनुष्य बन सकता है। सब लोगों को बड़ा आश्चर्य हुआ। उन्होंने उस मशीन को देखने की इच्छा ज़ाहिर की। अंकुर ने इशारा किया शहतूत के पेड़ के बगल में पड़ी एक लकड़ी की बड़ी मशीन की तरफ़। सब लोगों ने जाकर उसका निरीक्षण किया। सब हैरान थे।

उस लकड़ी के टुकड़े में मशीन जैसा कुछ था ही नहीं। लकड़ी का एक साधारण-सा घुमावदार खोखा था जिसमें इंसान एक तरफ़ से घुसकर दूसरी तरफ़ निकल सकता है। उन्हें विश्वास ही नहीं हो पा रहा था कि यह कोई मशीन है। दो-चार बुजुर्ग लोग एक तरफ़ किनारे जाकर कुछ सलाह करने लगे। थोड़ी देर बाद वे वापस आए और उनमें से एक ने कहा, ''हमारे गाँव में भी इंसानियत की कमी है तुम जानते ही हो। इस मशीन को यहीं आज़मा लो। गाँव का भी भला हो और तुम भी यहीं रह पाओ। अपना गाँव छोड़कर कोई ऐसे थोड़े ही जाता है।''

उस बुजुर्ग की बात ने पहले तो अंकुर पर कोई असर नहीं किया। फिर युवाओं के साथ बहुत से लोगों ने बुजुर्ग की बात का समर्थन करते हुए उससे रुकने का आग्रह किया। थोड़ी देर के बाद कुछ सोचकर अंकुर ने निर्णय लिया कि वह गाँव नहीं छोड़ेगा और मशीन का उपयोग यहीं करेगा।

वह काठ की मशीन गाँव के चौक में लाकर पीपल के चारों तरफ़ बने चबूतरे पर रखी गई। यह वही चौक था जो एक ज़माने में इंसानों के जीवन का केंद्र था। यहाँ पर दोपहर का खाना खाकर हर कोई आता था। बच्चे खेलते थे। बूढ़े बातों में मशगूल रहते थे। हालाँकि लोगों में बराबरी तब भी नहीं थी। मटकों से पानी पीने का हक दलितों और मुसलमानों को नहीं था।

उन्हें कोई दूसरा अपने हाथ से पानी पिलाता था। फिर हुआ यह कि खेती उजड़ती गई और रोज़गार होते गए खत्म। बहुत से लोग तो गाँव से बाहर शहरों की तरफ़ चले गए। जो गाँव में बचे थे उन्होंने भी चौक में आना बंद कर दिया। आपस में हज़ार झगड़े हो गए। कोई किसी से बात नहीं करता। चौक बिल्कुल सूना रहने लगा।

जब मशीन वहाँ रखी गई और लोग उसमें कुछ समय रहकर बाहर निकल रहे थे तो कुछ नहीं बदल रहा था। वे वैसे के वैसे थे। इतना बदलाव ज़रूर हुआ था कि लोग बहुत समय बाद इतनी बड़ी संख्या में चौक में मौजूद थे। आपस में बातें कर रहे थे जो किसी लड़ाई और बँटवारे के झंझट से जुड़ी हुई नहीं थीं। मटके तो अब नहीं रहे थे लेकिन चबूतरे के कोने पर एक नल था जहाँ पर हर जात–मज़हब के लोग आराम से पानी पी रहे थे।

एक डरावना दिन

यूँ तो आपने डरावनी रातों के बारे में खूब सुना होगा। किस्से-कहानियों से लेकर फ़िल्मों तक में अक्सर रात का ज़िक्र आते ही मन के किसी कोने में बैठा डर अचानक हाज़िर हो जाता है। क्या आपने कभी इस बारे में सोचा है कि इंसान ने रात को डर के साथ इतना क्यों गूँथ दिया है? हो सकता है कि आपने नहीं सोचा हो। यह भी हो सकता है कि सोचा हो। जो भी हो, मेरी कहानी पर इसका कोई असर नहीं होने वाला है। मैंने जब इस मसले पर सोचना शुरू किया तो कुछ दिनों बाद अचानक यह अहसास होने लगा कि मेरे सोचे हुए डर के सारे कारण दिन में भी मौजूद थे। उस पल से मुझे दिन में भी वैसा ही डर लगने लगा है। मुझे कुछ लोगों ने यह कहा कि दिन में उजाला होता है और रात में अँधेरा। जब मैंने उन्हीं लोगों से पूछा कि सरे बाज़ार जिस रोज़ उस युवा लड़के की हत्या हुई थी और हज़ार लोगों ने देखा था, फिर वे ही सभी लोग यह कह रहे थे पुलिस के सामने कि उन्होंने कुछ नहीं देखा। क्या उस दिन उजाला था या अँधेरा? उन लोगों ने कोई जवाब नहीं दिया और मैं आज भी दिन में डरता हूँ।

मेरा नाम चंदू है और यह उस रोज़ की कहानी है जब मैंने पहली दफ़ा रात के डर को दिन के हर कोने में मौजूद पाया। सुबह-सुबह की बात थी कि मैं शहर के अपने किराये के कमरे में नींद से जगा था। दो गिलास पानी पीने के बाद फ़ारिग होने की सोच रहा था। चूँकि कॉलेज के दिनों से इस तरह की आदत हो गई है कि अख़बार के साथ ही फ़ारिग होता हूँ। इसी वक़्त दरवाज़े के नीचे से अख़बारवाला एक हिन्दी अख़बार खिसका जाता है और मुझे पेट साफ़ करने का मसाला मिल जाता है। अख़बार वितरक से कई बार बातचीत भी होती है। वह एक बूढ़ा किसान है जिसकी सारी ज़मीन उसके बेटों ने बेच

दी है। वह बताता रहता है कि उसके गाँव के पास कोई कारखाना लगने की वजह से ज़मीन के भाव बढ़ गए और कारखाना मालिकों ने उसके बेटों को झाँसा देकर ज़मीन ले ली। खाँसता हुआ फिर वह अपनी बात को आगे बढ़ाता है कि तकरीबन दो बरस में ही उसके बेटों ने महँगी कारों और अय्याशी की ज़िन्दगी में सारे पैसे फूँक दिए। वे कहीं मज़दूरी करने निकल गए और बाप को अकेला छोड़ गए। वह अख़बार बाँटने लगा। हमेशा की इस कथा के बाद वह अपनी बीमारियों के बारे में बताने लगता है। लेकिन इन बातों से मैं कभी नहीं डरता था क्योंकि मैं किसान नहीं, सरकारी नौकर हूँ।

आज काफ़ी इंतज़ार के बाद भी अख़बार नहीं आया तो मुझे थोड़ी असहजता हुई कि नामालूम बूढ़े का क्या हुआ होगा। शायद मर गया हो। मरने से क्या डरना। लेकिन नहीं मरा हो और चारपाई पकड़ ली तो कौन सँभालने वाला है! अख़बारों के ढेर से एक पुराना अख़बार लेकर मैं गुसलखाने में गया तो दिन के पहले डर ने हमला कर दिया। पानी नहीं आ रहा था। हो सकता है कि दोपहर तक पानी आ जाए लेकिन मुझे तो इसी वक्त पानी चाहिए ना। अगर दो-चार दिन पानी नहीं आया तो! बाल्टी लेकर सार्वजनिक नल से ले आऊँगा। नहीं बाबा, नहीं। मैं सरकारी नौकर हूँ और मेरी कोई इज़्ज़त है। ये झोंपड़-पट्टी वाले निकलते हैं सुबह-सुबह पानी के लिए। हमें तो घर के नल में ही पानी चाहिए।

अब उदास मन से गुनगुनाते हुए नीचे शेरा से दूध लेने गया। शेरा हमारे मोहल्ले के मोड़ पर स्थित डेयरी वाले का नाम है। पानी न आने की समस्या मुझे इतनी बड़ी लगी कि दूध माँगने से पहले ही शेरा को यह दुखड़ा सुना डाला। वह मंद-मंद मुस्काता हुआ ऐसे सुन रहा था, जैसे कि कोई बहुत मामूली मसला हो। मुझे अजीब लगा। पूरी बात सुनने के बाद उसने कहा कि ''साब, कोई बड़ी बात नहीं है, हमारे घर के नल में तो कभी पानी आता ही नहीं है। मेरी बीवी रोज़ सुबह सार्वजनिक नल से पानी भरती है। वैसे आप पानी के कैम्प भी डलवा सकते हैं, सामने वाले साब तो हमेशा डलवाते हैं।''

अजीब बात है! शेरा को यह मालूम नहीं कि सामने वाले साब के तो कोयले की दो खानें हैं। वे तो चाहे जितना पानी खरीद सकते हैं लेकिन भाई, यहाँ तो गिनती की तनख़्वाह मिलती है। और इतना भी कंगाल नहीं हूँ

कि तुम्हारी तरह रोज़ बर्तन लेकर सार्वजनिक नल पर धक्के खाता रहूँ। शेरा से अब ज़्यादा बातें करने का मन नहीं था। सामान लेकर चलने की सोच ही रहा था कि सामने राजेश मास्टर दिख गए। उन्होंने दुआ-सलाम करते ही धमाकेदार खबर सुना डाली। खबर दरअसल यह थी कि मुर्गियों में कोई बड़ी बीमारी फैली है। सरकार ने अलर्ट किया है कि कुछ दिनों के लिए अंडा और चिकन न खाया जाए।

वैसे तो मेरे सारे परिचित जानते हैं लेकिन आपको नहीं मालूम होगा कि मुझे नाश्ते में उबले अंडे ही चाहिए। अब मैं क्या खाऊँगा ? कल के अख़बार में यह भी था कि दालें भी महँगी हो रही हैं। ऐसा हुआ तो मेरी तो सेहत ही गिर जाएगी। बाप रे....बाप।

''ऐ शेरा, अब जल्दी से दूध दे भाई। आज सुबह से ही बुरी खबरें सुन रहा हूँ। अब कोई यह न कह दे कि अगले महीने से साँस लेने का भी बिल लगेगा। हवा भी किसी कम्पनी ने खरीद ली।'' मैं यहाँ अब दो मिनट भी नहीं रुकना चाहता था।

''साब, हवा पर बिल का तो मालूम नहीं लेकिन हवा प्रदूषित होकर ज़हरीली हो गई है। साँस लेना मतलब मौत के मुँह की तरफ़ जाना। आज के ही अख़बार में तो है,'' शेरा दुकान के सामान्य लेन–देन के दौरान ही आसानी से ये बातें कर रहा था।

हद हो गई आज तो ! शाम तक तो नामालूम कि क्या कयामत होगी। और देखो एक दिन अख़बार नहीं आया कि सारे संसार से ही कट गया। अगर बूढ़े को कुछ हो गया और कल भी नहीं आया तो ! मैं अख़बारवाला बदल लूँगा। मेरा कौन-सा सगा संबंधी है, पैसा देता हूँ।

जल्दी से चाय बनाकर ऑफ़िस निकलना होगा वरना बॉस की बेवजह की बक-बक सुनने को मिलेगी। हाँ, सरकारी नौकरी में बॉस कुछ खास बिगाड़ तो नहीं सकता मगर नैतिक ज्ञान तो दे ही देगा। आपको बताऊँ कि हमारे पूरे ऑफ़िस में अधिकारी से लेकर चपरासी तक, सब एक-दूसरे को नैतिक ज्ञान देते रहते हैं। मज़े का आलम यह भी है कि ये सारी शिक्षाएँ स्वयं के लिए न होकर, सामने वाले के लिए होती हैं।

यह रही चाय। यह रही चीनी और यह मिल गई अदरक। मुझे अदरक

के बिना चाय बिलकुल पसंद नहीं है। कम-से-कम सारी चीज़ें मिल गईं वरना चीनी-चाय में से कुछ न होता तो और बड़ा संकट खड़ा हो जाता। सुबह से यही तो हो रहा है। पीने के पानी की बोतल से मुँह-हाथ धोकर सजने लगा। बढ़िया तेल लगाया और थोड़ा-सा इत्र डाला कि कोई यह नहीं बता सके कि बंदा नहाया हुआ नहीं है। अब चाय चढ़ा देता हूँ जल्दी से।

बाप रे...। सब कुछ बर्बाद हो गया। गैस खत्म! यह भी आज ही होना था। अब तीन दिन चक्कर लगाकर सिलेंडर लाओ। तब तक चाय कहाँ पीऊँगा! एक बार तो ऑफ़िस में पी लूँगा लेकिन शाम को क्या करूँगा! जिनके घर सिलेंडर नहीं होते, वे कैसे काम चलाते होंगे। वे जाएँ भाड़ में, मैं सरकारी नौकर हूँ और मुझे गैस चाहिए।

अब जैसे-तैसे ऑफ़िस पहुँचना है। स्कूटर स्टार्ट करता हूँ। आज सड़कों पर भीड़ भी कुछ ज़्यादा ही लग रही है। पानी, अख़बार, अंडा, चाय...।''अरे... भाई साब, देखकर नहीं चला जाता क्या। बड़ी गाड़ी पास है तो स्कूटरवालों को चलने ही नहीं दोगे। अभी मर जाता तो! आपका तो कुछ नहीं बिगड़ता लेकिन मेरी जान चली जाती फोकट में। वैसे भी आज सुबह से मेरी बैंड बजी हुई है।'' अजीब कारवाला है, शीशा खोलकर माफ़ी माँगने की भी तमीज़ नहीं है। अभी पुलिस को फ़ोन करूँगा तो सारी हेकड़ी हाथ में आ जाएगी। लेकिन पुलिस कौन-सी भली है....। मुझे ही पूछताछ के लिए चार घंटे खड़ा रखेगी। उसके लिए ऑफ़िस से छुट्टी लेनी होगी। जो भी हो अब तो वक़्त पर ऑफ़िस ही जाना होगा।

यह जो सामने दिखाई दे रहे हैं, इनका नाम हरिराम है। बॉस के निजी सचिव हैं। लोग कहते हैं कि सारे ऑफ़िस की गुप्त बातें यही बॉस तक पहुँचाते हैं। मालूम नहीं मेरे से क्यों नाराज़ रहते हैं जबकि मैं तो हर दिन सबसे पहले नमस्कार भी इनको ही करता हूँ। फिर भी कभी सीधे मुँह बात नहीं करते। हर बार शिकायत के लहज़े में रहते हैं। आज भी देख लीजिए, पाँच मिनट की ही देरी हुई है लेकिन ये ज़रूर बॉस को बोल ही देंगे। किस-किस को मनाऊँ! ऑफ़िस का हर कर्मचारी अकड़ में रहता है। न जाने कब, किसका ईगो हर्ट हो जाए। मैं तो साब, सबसे बचकर अपनी नौकरी करता हूँ। फिर भी लोग किसी-न-किसी तरह से परेशान करने के बहाने तलाशते रहते हैं। नौकरी छोड़

दूँ...। बात तो आपकी सही है लेकिन समस्या यह है कि मैं कोई दूसरी नौकरी कर नहीं सकता। सच बताऊँ तो मैं खुद भी आलसी हूँ। कोई रखेगा ही नहीं।

ट्रिन...ट्रिन...। मेरा ही फ़ोन बजा है। देखते हैं कौन है। ओह....दोस्त कल्पेश है। शायद पैसे माँगने के लिए फ़ोन किया होगा। इसका उधार कोई खाकर थोड़े ही मरूँगा। बार-बार फ़ोन करने से कहाँ से पैसे लाऊँ। आप सोचते होंगे कि किसी और वजह से भी तो फ़ोन कर सकता है। मैं इस बात से सहमत नहीं हूँ क्योंकि वह मेरा दोस्त है, उसे मैं अच्छी तरह से जानता हूँ। यह लीजिए, मैसेज आया है। शायद उसी का होगा। नहीं....यह तो कम्पनी का है और आज बिजली बिल के भुगतान की अंतिम तारीख़ है। हर दिन सोचकर आता हूँ कि ऑफ़िस से जल्दी निकलकर बिल जमा कराऊँगा लेकिन वक़्त ही नहीं मिलता। ऐसा करते हैं कि फ़ोन बंद कर देते हैं ताकि ऐसे झँझटों से मुक्ति मिले। आज परेशानियों की यूँ ही कमी नहीं है।

अब कुछ नौकरी का काम शुरू करते हैं। दरअसल, मुझे हर रोज़ सैंकड़ों फ़ाइलें निपटानी पड़ती हैं। इसमें भी तुर्रा यह है कि साब की पर्ची के बिना किसी फ़ाइल को गलती से पास भी कर दिया तो जान आफ़त में आ जाएगी। और साब तो हमारे आला दर्जे के बेईमान ठहरे। भ्रष्टों के बेताज बादशाह। ऐसी कोई फ़ाइल ही नहीं होती जिसे वे कुछ हासिल किए बगैर पास करवा देते। अगर कुछ मामला फँस गया तब उनका तो कुछ बिगड़ना नहीं है। मेरा बँटाधार हो जाएगा। चूँकि आज वैसे ही दिन खराब चल रहा है, ऐसे में सबसे अच्छा उपाय यह है कि आज कोई काम ही नहीं किया जाए। आराम से कुर्सी पर बैठकर खैनी मसलने का मज़ा ही कुछ और है। सामने हर कोई काम करता हुआ दिखता है तो अपने आप को थोड़ी देर के लिए ही सही, साब महसूस करता हूँ। मेरे काम करने के कमरे में करीब पंद्रह अन्य क्लर्क बैठते हैं। सबके कैबिन बने हुए हैं।

आराम से भी लोग बैठने कहाँ देते हैं। कुछ न सही तो गप्पें हाँकने में ही लोगों का साथ देना पड़ता है। मैं जब लोगों को निठल्ला दिखा तो कोई खैनी के बहाने तो कोई चाय के बहाने, चार-पाँच लोग मेरे पास आकर जम गए। चंद बातें इधर-उधर की होने के बाद राजनीतिक बहस शुरू हो गई। आप शायद जानते होंगे कि सरकारी ऑफ़िसों की राजनीतिक बहसें कितनी

विचित्र होती हैं। लोग हमेशा दो दलों में बँट जाते हैं। एक पक्ष सत्ताधारी दल का प्रवक्ता हो जाता है और दूसरा पक्ष-विपक्ष का प्रवक्ता बन जाता है। दोनों दम ठोककर अपने दलों की पैरवी करने में लग जाते हैं। ऐसे में किसी प्रकार का तीसरा पक्ष रखना ख़तरे से खाली नहीं होता। बात कुछ मुल्क की अस्मिता को लेकर चल रही थी। एक पक्ष का कहना यह था कि उनके दल ने मुल्क की तरक्की में बड़ा योगदान दिया है तो दूसरे ने तुरंत इसका खंडन करते हुए उन्हें मुल्क को गर्त में ले जाने का ज़िम्मेदार ठहरा दिया। इसी बात को लेकर तनातनी हो गई तो मैंने बीच में इतना-सा कहा था कि ''यार, सब कुछ खुद ही तय करोगे क्या, कभी बेचारे मुल्क से भी पूछ लिया करो।''

दोनों पक्ष मेरे पर टूट पड़े। ऐसी बाज़ी पलटी कि जो अभी एक-दूसरे के साथ जंग लड़ने पर तुले हुए थे वे आपस में कंधा मिला चुके थे। कहने लगे कि ''तुम लोगों को मुल्क से क्या लेना-देना। तुम तो देशद्रोही हो।'' मैंने पूछ कि ''भाई, मैंने तो कोई ऐसा अपराध ही नहीं किया, फिर देशद्राही कैसे हो गया?'' वे बोले कि ''तुम्हें मुल्क की तरक्की से कोई ताल्लुक नहीं है। हर बात को शक की निगाहों से देखते हो।'' यूँ तो ये ऐसी बकवास हरदम करते रहते हैं लेकिन डर यह है कि कहीं यह बात इन्होंने हुकूमत तक पहुँचा दी तो मुश्किल हो जाएगी। कठघरे में खड़ा करके कहेंगे कि अपने देशभक्त होने का प्रमाण-पत्र दो। आप यह बात तो जानते ही हैं कि मेरे पास डिग्रियों की कोई कमी नहीं है लेकिन किसी भी डिग्री में यह नहीं लिखा गया है कि चंदू पक्का देशभक्त है।

लंच के बाद हमेशा की तरह ऑफ़िस में तीन बजे एक चाय आई। मेरे कमरे में एक अजीब-सी चुप्पी थी। अमूमन यहाँ पर शोर-शराबा रहता है। मुझे चुप्पी से बहुत डर लगता है और ऑफ़िस की चुप्पी से तो बहुत ज्यादा।

जैसे-तैसे करके ऑफ़िस का वक्त पूरा किया और स्कूटर लेकर सीधा घर की तरफ। अब स्कूटर भी बड़ी सतर्कता से चला रहा था, सुबह धोखा खा चुका हूँ ना। दूध लेने की ज़रूरत नहीं थी क्योंकि सिलेंडर नहीं था। नीचे चाय की थड़ी पर एक चाय पी। सुबह से पीछे पड़ी चिंताओं से मुक्ति तो न सही लेकिन कुछ देर बेहोशी के आलम से छुटकारा मिल जाए, इसलिए शराब लेकर आया। हाँ, यह डर तो है कि लीवर खराब हो जाएगा। वैसे भी

मेरा लीवर कमज़ोर है। खाना भी बाहर खाया, जो स्वादिष्ट तो था मगर पेट खराब होने का पूरा डर है।

अब मैं उसी कमरे में आ गया हूँ जहाँ से सुबह चला था। बिस्तर पर सोया एकटक छत को देख रहा हूँ जिस पर कोई मकड़ी जाला बुन रही है और मुझे लग रहा है कि यह मकड़ी रात को उठाकर मुझे इस जाले में कैद कर लेगी। और वह देखो, लम्बी मूँछों वाला जो चूहा है। आज तो वह भी हमला कर सकता है। दो घंटे में मेरी टाँगें तो कुतर ही सकता है और इस मच्छर की हिमाकत देखो, कान को काट खाएगा शायद। आपको यह एक साधारण दिन लग सकता है लेकिन मुझे यह एक डरावना दिन लगता है क्योंकि मेरे पास इतने सारे संकट हैं और सबसे बड़ा डर है कि ये बातें सुनने वाला कोई नहीं है।

शहर पर ताले

तीन दिन से बरसात जिस गति से हो रही थी उससे साफ़ लग रहा था कि वह चंद रोज़ और रुकने वाली नहीं है। बरसात रुकने के इंतज़ार में यह शहर कभी नहीं रुकता है। लोग हाथ में छाता रखते हैं और अपने रुटीन कामों में लग जाते हैं। फिर भी इस शहर को रोज़ होने वाली बरसात से तकलीफ़ तो होती है क्योंकि यह मुम्बई नहीं है। यह एक रेगिस्तानी शहर है जहाँ पर बरसात के लिए लोगों को मिन्नतें माँगते बरस गुज़र जाते हैं। पानी के लिए आँखें तरस जाती हैं और छाते लोग सिर्फ़ तेज़ गर्मी के दिनों में इस्तेमाल किया करते हैं। ऐसे शहर पर बादलों की ऐसी मोहब्बत हुई जैसे कि वे समंदर से भरकर सीधे उस पर छलनी से बरसा रहे हों।

लोगों के घरों का पानी बाकायदा नालियों से बहकर शहर के बाहरी इलाके में जा रहा था, जहाँ पर थोड़े समय में सूख जाता। अमूमन लोगों ने घरों में खाने-पीने का सामान जमा किया हुआ था। वे इन बरसों में बरसात के स्वभाव को समझ चुके थे। हर घर में प्रत्येक सदस्य के हिसाब से छातों की संख्या भी बढ़ चुकी थी। लोग दिन में सारे काम निपटा कर रात को जल्दी ही घरों में सो जाते। खाना तो सूरज ढलने से पहले खा लिया जाता। आजकल तो सूरज बादलों में छुप गया था तो अंदाज़े से उसके ढलने का हिसाब लगाया जाता। रात को पुलिस भी शहर के कुछ नाकों को छोड़कर बाकी जगहों से नदारद ही दिखाई देती। ऐसी हालत में रौनक नामक उस नौजवान लड़की का घर से रात के दस बजे बाहर निकलना वहाँ पर असामान्य था।

बरसात की रातों में रोशनी के पास कीट-पतंगों की भरमार होने के कारण शहर के लोगों ने आज भी घरों की सारी लाइटें बंद कर रखी थीं। सिर्फ़ शहर के चौराहों और गलियों के मोड़ों पर चंद लाइटें चमक रही थीं जिनकी

रोशनी बरसात की बूँदों में रात के अँधेरे में अपनी सतरंगी छटाएँ बिखेर रही थीं। जब रौनक घर से निकली तो उसके पास कुछ भी सामान नहीं था। न छतरी, न पैसा और न ही मोबाइल। वह हल्के कत्थई रंग का पाजामा और पीली टीशर्ट पहने हुए थी। यह ऐसा पहला मौका था जब वह अकेली रात को शहर में निकली थी। इससे पहले उसके साथ हमेशा माँ, बाप और भाई में से कोई होता था। वे सब ऐसा व्यवहार करते थे जैसे कि उसकी सुरक्षा कर रहे हों और इसका एहसान भी जताते ऊपर से।

गली से बाईं तरफ़ जब वह पुल पर चढ़ने के लिए मुड़ी तो उसका सामना उन कुत्तों से हुआ जो दिन में भी इंसानों को देखकर हमेशा भौंकते रहते हैं। इनके भौंकने का ख़याल उसके दिमाग में था लेकिन डर नहीं था। मज़ेदार बात तो यह हुई कि कुत्ते भौंकने की बजाय बंद पड़ी चाय की थड़ी पर जाकर बैठ गए। उनकी आँखें साफ़ कह रही थीं कि उसे डरने की ज़रूरत बिलकुल नहीं है। शायद वे समझते थे कि कौन उन्हें नुकसान पहुँचा सकता है और कौन नहीं। रौनक जब पुल पर चढ़ी तो शहर एक भीगी हुई ठंडी रात में सो रहा था। कहीं कोई आवाज़ नहीं सुन रही थी, सिवाय दूर एक रुकी हुई रेल की आवाज़ के। वह सिग्नल के इंतज़ार में शहर से बाहर रुकी हुई थी। कोई रेल घंटों लेट हो जाए लेकिन मुसाफ़िरों के शहर के बाहर चंद मिनट भी रुक जाए तो उनके घर जाने का उतावलापन हूक मारने लगता है। उसे यह रात तमाम देखी हुई रातों से अलहदा दिखाई दे रही थी। इमारतें अपने पूरे वजूद में अँधेरे में एक-दूसरी इमारत के साये पर मिल रही थी। उन सबका अतीत रौनक कल्पित कर पा रही थी। उसे लग रहा था कि दुनिया को जिस नज़र से अकेले और स्वतंत्र रूप से देखा जा सकता है, वैसा किसी दूसरे की नज़र और संरक्षण में नहीं देखा जा सकता है।

यह जवान लड़की अब कुछ गुनगुनाने लग गई थी जो शायद किसी पंजाबी लोकगीत का एक मुखड़ा था। बरसात की बूँदें उसके सर पर गिर रही थीं। भीगी हुई जुल्फें मंद चल रही हवा में उड़ने की कोशिश कर रही थीं लेकिन आपस में इतनी उलझी हुई थीं कि उड़ना मुमकिन नहीं हुआ। पानी उसके चेहरे से होता हुआ पूरे जिस्म को धोकर एड़ी के रास्ते सड़क पर गिर रहा था। हमेशा घरवाले उसे कहते थे कि छतरी ले लो, बरसात में भीग जाओगी।

जैसे कि वह मिट्टी की गुड़िया है और बरसात में भीगते ही गल जाएगी।

पुल पार करके वह उसके नीचे उतरी तो उसकी आँखें खुली रह गईं। कितने दिनों से वह पुल पार करती रही लेकिन कभी नहीं देखा कि इसके नीचे भी एक दुनिया रहती है। यह लोगों का आशियाना है। औरतें-मर्द गहरी नींद में सोये हुए थे। दिनभर की मेहनत ने उनके जिस्म को इतना थका दिया था कि आसमान में कड़कड़ाती बिजली की आवाज़ भी उनकी नींद को नहीं तोड़ पा रही थी। छोटे बच्चे अपनी माँओं से चिपके हुए थे। वे जब खाँसते थे तो उनकी नाक और फेफड़ों में जुकाम के कारण जमे हुए पानी की आवाज़ सुनाई देती थी। चूल्हे के नाम पर कुछ ईंटों को रखा गया था जिसके एक तरफ़ एक तवा और दूसरी तरफ़ परात टिके हुए थे।

अब वह घूमती हुई शहर के उस चौराहे पर आ गई थी जिसे दिन में पैदल पार करना बड़ा मुश्किल माना जाता है। बिलकुल सुनसान चौराहा था जिसके एक कोने पर लोहे के छोटे-से बने हुए मकान में पुलिस के चंद सिपाही बैठे थे। एक सिपाही की नज़र जब रौनक पर पड़ी तो उसने दूसरे को इशारा किया। कुछ देर तक वे दोनों एक-दूसरे को देखते रहे जैसे कि सामने कोई अजूबा आ रहा हो। उन्हें विश्वास ही नहीं हो रहा था कि रात को शहर की सड़कों पर कोई अकेली लड़की भी घूम सकती है। चंद पलों की चुप्पी के बाद एक सिपाही बाहर आया। उसने सर पर कोई पुराना बैनर ओढ़ रखा था जो इस चौराहे पर कभी किसी नेता के जन्मदिन की बधाई के लिए उसके समर्थकों ने टँगवाया था। चूँकि इस सिपाही ने बैनर को उतारा तो वह फट गया था जिसमें नेता के पेट के ऊपर वाला हिस्सा कट गया था। नीचे के हिस्से में सफ़ेद पाजामे में दो टाँगें दिख रही थीं जिन्होंने जूते पहन रखे थे। इन जूतों से कोई भी अंदाज़ नहीं लगा सकता है कि फलाँ नेता का बैनर है। सिपाही ने आवाज़ दी, ''कौन हो तुम?''

''एक लड़की,'' रौनक ने जवाब दिया।

सिपाही ने फिर पूछा, ''इतनी रात को अकेली क्यों घूम रही हो?''

''शहर को देख रही हूँ।'' रौनक के सामने से एक बस गुज़री जो लम्बे रूट के कारण रात को पहुँची थी।

''तुम्हें कुछ हो गया तो ज़िम्मेदार कौन होगा?'' सिपाही ने कहा।

‘‘मैं खुद। आप चिंता न करें,’’ रौनक सिपाही के सामने से गुज़र गई।

सिपाही बड़बड़ाता हुआ वापस उस लोहे के मकान में घुस गया। तभी उस लोहे के मकान से तेज़ ठहाकों की आवाज़ें गूँजीं, शायद उसने बाकी के सिपाहियों को बताया होगा उस लड़की के बारे में। हो सकता है कि वे उसे पागल समझकर हँसे, सिरफिरी समझा या कुछ और। लेकिन इतना ज़रूर तय था कि उन्होंने उसे एक सामान्य लड़की नहीं समझा होगा।

रौनक का कोई गंतव्य नहीं था। बारिश रुक गई थी और हवा की गति बढ़ गई थी। ठंडी-ठंडी हवा लगने से जैसे उसे पर लग गए हों और वह वीरान सड़कों पर उड़ रही हो। सड़क के चारों ओर बंद दुकानों में वह दिन में परिवार के साथ कई बार खरीददारी के लिए आई थी। अब तक उसे वे दुकानें बड़ी और खुद छोटी नज़र आती थी क्योंकि वह जितनी चीज़ों को खरीदने का मन बनाती उतनी की इजाज़त उसके परिवार की जेब नहीं देती थी। अब उसे दुकानें छोटी और खुद बड़ी दिखाई दे रही थी क्योंकि इस समय वह खरीददार नहीं थी। खाली जेबों के बावजूद भी उसके साहस ने बाज़ार में उसका कद बढ़ा दिया था। एक दुकान के छज्जे के नीचे एक बंदा बैठा था जिसकी उमर अस्सी के आस-पास रही होगी। लम्बी दाढ़ी और लम्बे बेतरतीब बाल इस तरह से बिखरे थे जैसे कि पैदा होने के बाद उनके हाथ और पैर दोनों ही नहीं लगाए गए हों। दाँत सारे टूट चुके थे और चेहरे पर आई सलवटों के बीच की खाली जगहों पर पसीना जम गया था। वह सोचने लगी कि यह बूढ़ा कम-से-कम बारिश में तो नहा ही सकता है। लेकिन जब नज़र उसके बदन के निचले हिस्से पर गई तो समझ में आ गया कि उसकी पँसलियाँ तो हवा का एक झोंका सहने के काबिल भी नहीं हैं।

सामने से बाइक की लाइट दिखाई दी जो धीरे-धीरे पास आ रही थी। उसे आज न अँधेरे से और न ही रौशनी से डर था। वह अपनी गति में चली जा रही था। कुछ देर में बाइक उसके पास आकर रुकी जिस पर दो नौजवान सवार थे। दोनों की उम्र कोई पच्चीस बरस के आस-पास थी। एक के हल्की दाढ़ी थी तो दूसरे ने कानों में बालियाँ पहन रखी थीं। इन्हें देखकर वह भी रुक गई। इस दौरान न तो उन नौजवानों के मुँह से कुछ निकला और न ही रौनक की ज़बान खुली। वे एक-दूसरे को देखते रहे। अंत में नौजवान थोड़े

से झेंपे और बाइक लेकर निकल गए। वह अपने रास्ते पर चलती रही। चंद ही कदम चली थी कि पीछे से वे ही नौजवान बाइक लेकर वापस आ गए। शायद इस बार बोलने का साहस बटोरकर आए थे। बाइक रोकते ही एक ने कहा, ''कहाँ जाना है?''

''कहीं नहीं,'' रौनक ने सहजता से जवाब दिया।

''फिर इस समय सड़क पर क्यों घूम रही हो?'' दूसरे नौजवान ने पूछा।

''मेरी मर्ज़ी। शहर देख रही हूँ,'' रौनक थोड़ी तनकर खड़ी हो गई थी।

''हम भी शहर ही देख रहे हैं,'' पहले नौजवान ने शर्माते हुए कहा।

''फिर पीछे हटो। बाइक मैं चलाती हूँ। शहर भी दिखाती हूँ,'' रौनक ने बाइक का हैंडल पकड़ लिया था।

इन नौजवानों को यह तो अंदेशा ही नहीं था कि यह लड़की इस तरह से उनके साथ बाइक पर सवार हो जाएगी। वे कुछ समझ नहीं पा रहे थे कि क्या कहें। पीछे वाला नौजवान बाइक पर पीछे खिसक गया। दूसरे ने भी वही किया। रौनक बाइक चलाने लगी। उसकी रफ़्तार काफ़ी तेज़ थी जिसकी वजह से वे दोनों नौजवान डर रहे थे लेकिन अपने डर को ज़ाहिर नहीं होने दे रहे थे। सबसे पीछे वाले ने तो बीच वाले की कमर में हाथ डालकर पकड़ लिया था लेकिन बीच वाले के पास ऐसा विकल्प नहीं था। वह तो पीछे की तरफ़ तनकर बैठा था कि कहीं रौनक को छू न जाए।

रौनक अपनी मर्ज़ी से चली जा रही थी। न उसे मालूम था कि कहाँ जाना है और न पीछे वालों को। बाइक पर एकदम चुप्पी छाई हुई थी। नौजवानों को तो समझ में ही नहीं आ रहा था कि इस लड़की से क्या बात की जाए! अंत में रौनक ने ही उस खामोशी को तोड़ते हुए पूछा, ''तुम लोगों को गाना-वाना नहीं आता?''

''मैडम, मुझे तो भजन आता है,'' बीच वाला नौजवान बोला।

''चल वही सुना दे,'' मन-ही-मन में हँसती हुए रौनक ने कहा।

बीच वाले नौजवान ने एक लम्बी-सी टेर ली और भजन गाने लगा। हालाँकि भजन तो वह नहीं समझ पा रही थी लेकिन बंदे का सुर ठीक होने की वजह से उसे सुनने में कोई दिक्कत नहीं हुई। बंदे ने भजन गाकर खत्म

किया तो उसे दोनों लोगों की राय का इंतज़ार था। अब उन लोगों के बीच बातचीत होने लगी थी। दोनों नौजवानों ने बताया कि वे बाइक चोर हैं और यह बाइक जिसे अभी रौनक चला रही है, वह भी चोरी की है। उन्हें लग रहा था कि यह लड़की 'चोरी की बाइक' सुनते ही उछल पड़ेगी और शायद उन्हें वहीं छोड़ दे। लेकिन ऐसा नहीं हुआ। रौनक धीरे-धीरे उनके बारे में सभी जानकारियाँ हासिल कर रही थी।

वे तीनों शहर के किनारे पर पहुँच चुके थे जहाँ पर एक पुराना-सा तालाब था। तालाब के बीच में एक महल दिख रहा था जिसके किनारे बड़ा-सा पीपल का पेड़ खड़ा था। रात ढल चुकी थी और आसमान में सूरज आने से पूर्व की रोशनी दिखाई देने लगी थी। कई बार पूछने पर भी नौजवानों ने अपने नाम नहीं बताए थे। वे बात को किसी तरह से टाल जाते थे। शायद बाइक चोरी करने के कारण सच नाम बताने से डर रहे हों और झूठा नाम बताना नहीं चाह रहे हों। ज्यों-ज्यों दिन ढल रहा था त्यों-त्यों उन दोनों की बेचैनी बढ़ रही थी। उन्हें किसी के देखने और पुलिस के हाथों पकड़े जाने का भय सता रहा था। एक नौजवान पेशाब करने के बहाने दूर झाड़ियों की तरफ़ गया हुआ था। काफ़ी देर से नहीं आया तो दूसरा उसे खोजने गया। रौनक इंतज़ार करती रही लेकिन दोनों वापस नहीं आए। वह समझ नहीं पा रही थी कि इस हालात में क्या किया जाना चाहिए। अंतत: उसने बाइक उठाई और वापस शहर की तरफ़ रवाना हुई। इस समय तक शहर में थोड़ी चहल-पहल होने लगी थी। सड़कों पर दूध की गाड़ियाँ और साइकिल वाले चलने लगे थे।

वह अपने घर से बाहर वाले पुल के पास बाइक को खड़ा करके इधर-उधर देखने लगी। आस-पास कोई दिखाई नहीं दिया तो बाइक को वहीं पर छोड़कर पैदल रवाना हो गई। जब घर पहुँची तो सारे लोग जग चुके थे। घरवालों ने उससे खूब सवाल किए लेकिन वह सहजता से यही कहती रही कि शहर देखने गई थी। कई तरह की हिदायतें भी दी गईं और कसम खिलाई गई कि फिर कभी नहीं जाएगी। कुछ दिन तक तो घरवालों ने रात को उसकी रखवाली भी की। उसके कमरे के बाहर रात को ताला लगाया जाने लगा। लेकिन धीरे-धीरे सब कुछ सामान्य हो गया। घरवाले ताला लगाना भी बंद कर चुके थे।

उसके बाद जब भी रात को बारिश हुई तो वह घर से निकलकर शहर घूमती थी। शहर के लोग कहते थे कि एक जवान लड़की रात को बारिश में अकेली शहर में घूमती है, फिर कहने लगे कि एक जवान औरत बारिश में अकेली शहर में घूमती है और उसके बाद यह कहा गया कि एक बूढ़ी औरत बारिश में अकेली शहर में घूमती है। कई दिनों से बरसात हो रही है लेकिन रात को शहर की सड़कों पर कोई अकेली औरत नहीं नज़र आती है। अँधेरी रात में भी बारिश में शहर के हर घर पर चमकते ताले दिखाई दे रहे हैं।

लाश के साथ एक रात

यह आदमी जो आपके सामने खड़ा है। जिसकी मंद-मंद मुस्कान एक पल के लिए भी फीकी नहीं पड़ रही है। जिसने अपने बालों को मेहंदी से रंग रखा है। आँखें बिलकुल आपकी नाक और होंठों के बीच टिका रखी हैं। सीधी टाँगों से सटे हाथों को देखकर लग सकता है कि यह अभी सेल्यूट मारने वाला है। आपको लगता होगा कि आप इसे जानते होंगे! गलत लगता है। आप इससे कभी नहीं मिले। उम्मीद है कि आज के बाद फिर कभी मिलेंगे भी नहीं। आपका इसके साथ न कोई खून का रिश्ता है और न ही प्रोफ़ेशनल रिश्ता है।

इस आदमी का नाम, माता-पिता, पेशा, देश जैसा कुछ भी इसे याद नहीं है। दुनिया इसके लिए बिलकुल नई है और आप जैसी दुनिया इसे दिखाएँगे, वही दुनिया इसके लिए सच होगी। अगर कुछ भी यह ठीक से नहीं समझ पाया तो यह आपकी गलती मानी जाएगी। यह अभी हमारी बातें सुन रहा है लेकिन समझ नहीं रहा क्योंकि यह इन शब्दों के अर्थ से अपरिचित है। हाँ, यह याद रखना है कि आपकी इससे किसी प्रकार की मोहब्बत नहीं होनी चाहिए। दुश्मनी का बर्ताव भी नहीं। दोनों के बीच एक दूरी बनी रहे। एक-दूसरे को छूना तो कतई मंज़ूर नहीं है। हर पल यह बात आपके ज़ेहन में मौजूद हो कि आपके और इस आदमी के बीच कुछ क़ायदे तय हैं, जिनके साथ छेड़छाड़ करने पर ज़िन्दगी तक की कोई गारंटी नहीं है कि वह बचे ही।

आप मेरी बातें ध्यान से सुन रहे हैं ना! मुझे देखने से आप भले आदमी लगते हैं। ऐसी कोई गलती नहीं करेंगे कि आपके साथ मुझ पर भी आफ़त आए। आपको करना यह है कि आज की रात इस आदमी के साथ एक यात्रा करनी है। यह फ़ैसला आप पर थोपा नहीं गया, बल्कि जनरल के सामने खुद आपने यह ज़िम्मेदारी ली है। आपसे यह भी पूछा गया था कि क्या आप

किसी इंसान को दुनिया के बारे में सिखा सकते हैं। आपने 'हाँ' कहा था। आपके मन में सवाल हो सकता है कि आखिर जनरल ऐसा क्यों चाहते हैं? ऐसे सारे सवालों को ज़ेहन से तुरंत निकाल दीजिए। वक्त बर्बाद मत कीजिए। हो जाइए शुरू।

यह क्या कर रहे हैं! आप इसे अपने पीछे चलने के लिए कह रहे हैं। यह आगे-पीछे, चलना-फिरना जैसे किसी भी शब्द का मतलब नहीं समझता है। आप आगे चले गए और यह पीछे छूट गया तो! यहाँ पर बहुत से खतरनाक जानवर भी हैं। सुबह जनरल को क्या जवाब देंगे! और सुनो! आख़िरी बात इसके बारे में यह है कि यह आदमी मर चुका है। तो अब मैं जाता हूँ, आप जानें और आपका यह साथी।

हे मुर्दा लाश उर्फ़ मेरे आज के सहयात्री। इस अँधेरी रात में मुझे रातभर तुम्हारे साथ बातें करनी हैं। ऐसे हालात में न तुम ज़िन्दा हो सकते हो और न ही मैं मर सकता हूँ। फिर भी उम्मीद करता हूँ कि तुम मेरी बात समझोगे। नहीं समझोगे तो समझने का दिखावा ज़रूर करोगे जैसा कि मैं तुम्हें ज़िन्दा समझने का करूँगा। तुम कोई हरकत नहीं करोगे। किसी तरह का कोई भाव नहीं प्रदर्शित करोगे तो मैं समझूँगा कि तुम मेरी बातों से सहमत हो। जनरल के शासन में चुप्पी को सहमति माना जाता है। ठीक है।

अब भई ऐसा है कि तुम्हारा कोई नाम तो रखना होगा। मुझे रातभर तुम्हें संबोधित जो करना है। क्या नाम रखा जाए! चलो मैं सोचता हूँ। तुम सिर्फ़ सुनने का काम करो। अब से सोचने का काम मैं करूँगा। सबसे पहले तो मुझे उस घड़ी पर अफ़सोस है जब मैंने जनरल के सामने यह स्वीकार किया था कि मैं किसी भी इंसान को दुनिया के बारे में कई चीज़ें सिखा सकता हूँ। यह खतरे की घंटी मैंने खुद अपने गले में बाँधी। इसमें तुम्हारा कोई कसूर नहीं है।

तो तुम्हारा ऐसा कोई नाम नहीं रखा जा सकता जिससे किसी मज़हब का अहसास हो। कोई भरोसा नहीं है कि जनरल कब, किस मज़हब से राज़ी हो जाएँ और कब किससे दुश्मनी पाल लें। ऐसा ख़तरा तुम्हारे लिए मैं बिलकुल नहीं उठा सकता। मुर्दा हो तो क्या हुआ, कल को लोग कहेंगे ना कि विंडों ने नाम रखकर एक मुर्दा लाश को जनरल के हाथों फिर मरवा दिया। 'विंडो' मेरा नाम है। इस नाम से भी किसी मज़हब के बारे में मालूम नहीं होता। जनरल

ने तो इस पर भी एक बार गुस्सा दिखा दिया था कि तुम बंद विंडो हो कि खुली। मेरी हालत खराब हो गई थी। पसीने छूट गए। लेकिन उस दिन मेरी बुद्धि ने साथ दिया। मैंने तुरंत जवाब दिया कि जनरल मैं तो आपकी मर्ज़ी की विंडो हूँ। आप चाहें तो बंद हो जाती है और आप चाहें तो खुल जाती है। तुम्हारा नाम 'गेट' रख सकते हैं जो जनरल की मर्ज़ी से खुलेगा और उसकी मर्ज़ी से बंद हो जाएगा।

यह तो अच्छा हुआ कि नाम वाला झंझट निपट गया। अब मिस्टर गेट, आगे की बात शुरू कर देते हैं। नहीं...नहीं। डरो मत। यह शेर की आवाज़ नहीं है। कुछ बिल्लियाँ आजकल शेर बनने का अभ्यास करती रहती हैं। वे रोज़ रात को रियाज़ करती हैं। उन्हीं की आवाज़ें हैं। जनरल ने इनको कह दिया है कि ये शेर बन जाएँगी, अगर नहीं बनीं तो वे आदेश देकर दुनिया को इन्हें शेर मनवा देंगे। और देखो, मैं ज़िन्दा इंसान नहीं डर रहा तो तुम लाश क्यों डरोगे।

देखो गेट, काफ़ी लम्बी बात हो गई। अब मैं बीड़ी पी लेता हूँ। इतना बोलना मुझे पसंद ही नहीं है, लेकिन आज इसलिए बोल दिया कि तुम बोर न हो जाओ। मिस्टर गेट, तुम्हें दुनिया के बारे में सबसे पहली बात तो यह बतानी है कि यह दुनिया हकीकत में तो एक बड़ा अजायबघर है, जहाँ पर तरह-तरह के जानवर रहते हैं। इन जानवरों में कुछ दूसरों का भक्षण करके ताकतवर होते जाते हैं। फिर एक दिन दूसरे जानवर ताकतवर जानवरों का भोजन बनने से इनकार कर देते हैं तो उन्हें या तो तुम्हारी तरह लाश में तब्दील कर दिया जाता है या मेरी तरह लाशों की रखवाली का काम दे दिया जाता है। ऐसा भी हो सकता है कि कल सुबह होते ही तुमको जो दुनिया के बारे में सिखाया है, उसके बदले मुझे लाश में तब्दील होना पड़े। आने वाली रात को मैं तुम्हारी जगह होऊँ और इसी जगह कोई और बलि का बकरा दुनिया समझा रहा होगा।

मिस्टर गेट, यह रात है। वैसे तो यह हमेशा दिन के बाद आती है और फिर वापस दिन आ जाता है। जब रोशनी होती है तो रात गायब हो जाती है। रोशनी समझते हो! उधर देखो। वह जो दूर चमकने वाली चीज़ दिख रही है, उसका नाम रोशनी है। वहाँ सुरतीमाला का घर है। उसका किस्सा बाद में बताऊँगा, पहले रात को ठीक से समझ लो। रात उसको कहते हैं जहाँ सच और झूठ का भेद मिट जाता है। झूठ को ही सच समझा जाने लगता है। लाश

को इंसान समझना पड़ता है। जैसे मैं तुम्हें समझ रहा हूँ। इस समय इंसान सबसे ज़्यादा असुरक्षित होता है। कुछ भी दिखाई नहीं देता। जो सुनाई देता है, उसे भी ठीक से पहचान नहीं पाता है। पेड़ कंकाल जैसे दिखने लगते हैं। पानी चद्दर का भ्रम पैदा करता है। इसके बाद सूरज निकलता है और दिन होता है, जहाँ सब कुछ साफ़ दिखता है। मुझे लगता है, अब तुम रात के बारे में समझ गए होगे।

अब तुम्हें सुरतीमाला के बारे में बताता हूँ लेकिन तुम पहले कसम खाओ कि यह बात किसी को नहीं बताओगे। हाँ, तुम तो कसम खाना भी नहीं जानते होगे। देखो, कसम खाना उसको कहते हैं जिसमें एक इंसान दूसरे को विश्वास में लेने के लिए अपने प्रिय को दाँव पर लगा देता है। या जिससे डरता है उसकी ताकत के सामने अपना विश्वास ज़ाहिर करता है। इंसान प्रिय को दाँव पर लगाई गई कसमें तोड़ देता है। ताकतवर के डर के कारण उसके नाम की कसमें निभाता है। तुम्हारा कोई प्रिय है! शायद नहीं। देखो मुझे अपना प्रिय मत समझ बैठना। मुझे सख़्त हिदायत है कि तुम्हारे साथ प्रेम-नफ़रत जैसा रिश्ता पैदा नहीं करना है। अगर कोई ऐसा भाव तुम्हारे दिल में आए तो प्लीज़ उसे दूर फेंक देना। मुझे मालूम है कि तुम लाश हो लेकिन फिर भी अपनी सुरक्षा के लिए इसे ज़रूरी समझता हूँ। क्या मालूम तुम लाश न हो! लाश होने का दिखावा कर रहे हो। हो सकता है कि तुम ज़िन्दा हो और मैं मुर्दा हूँ। ऐसा करते हैं कि तुम्हें जनरल की कसम दिला देता हूँ। इसे तोड़ नहीं सकते।

सुरतीमाला पहले इसी नगरी में रहती थी जिसमें मैं रहता हूँ। उसने शादी नहीं की थी। कोई मर्द उसे पसंद ही नहीं आता था। उसका बाप जो एक दर्ज़ी था, उसने खूब कोशिश की लेकिन मायूसी ही हाथ लगी। बला की खूबसूरत थी। हद से ज़्यादा ताकतवर भी। तुम्हें एक बार कसकर पकड़ ले तो कचूमर निकल जाए।

एक दिन जनरल की उस पर नज़र पड़ गई। जनरल ने दर्ज़ी को कहला भेजा कि वह अपनी बेटी की शादी उससे करे। सुरतीमाला ने इनकार कर दिया। बाप ने खूब समझाया। डराया-धमकाया भी, लेकिन वह नहीं मानी। यह बात जनरल तक भी पहुँच गई। उसने दो सिपाहियों को भेजा सुरतीमाला को पकड़कर लाने के लिए। सिपाही गए और सुरतीमाला ने जाने से इनकार

कर दिया। सिपाहियों ने ज़ोर-ज़बर्दस्ती की। सुरतीमाला के साथ दोनों का युद्ध हुआ और उसने दोनों सिपाहियों के हाथ-पैर एक साथ करके उन्हें घोड़ों की पीठ पर बाँध दिया। घोड़े समझदार थे। सीधे जनरल के दरबार में गए। दरबार में सभा लगी हुई थी। सारे चौकीदार हाथ जोड़े खड़े थे। जब घोड़ों पर टँगे सिपाहियों को देखा तो जनरल का गुस्सा सातवें आसमान पर जा पहुँचा। उसने खुद सेना के साथ उस लड़की का सर काटने का ऐलान कर दिया। सारी सेना तैयारियों में जुट गई। तुम सुन रहे हो ना मिस्टर गेट! कहीं नींद तो नहीं आ गई।

बंदूकों में कारतूस भर लिए गए। हाथी-घोड़ों का चारा और रसद का पूरा इंतज़ाम किया गया। तलवारों को धार दी गई। तुम्हें लगता होगा कि एक लड़की से लड़ने के लिए इतना भारी इंतज़ाम क्यों किया जा रहा था! सोचना तो मिस्टर गेट तुम्हारा सही है लेकिन अपने सबसे ताकतवर दो सिपाहियों को लकड़ी के गट्ठर की तरह घोड़ों पर बँधा देखते ही जनरल सच में काँप गया था। उसके नथुने फूलने लगे थे। वह जब भी डरता है तो उसके नथुने तेज़ी से फूलने लगते हैं। याद है ना कि तुमने कसम खाई है कि किसी से कुछ नहीं कहोगे।

सुबह सुरतीमाला के घर की तरफ़ सेना जनरल के नेतृत्व में रवाना हो गई। वह जंगल की तरफ़ भाग गई अपने बाप का धागों से भरा एक थैला साथ लेकर। उसके दर्ज़ी बाप को घर पर ही टुकड़े-टुकड़े कर दिया गया। सुरतीमाला घने जंगल में घुस गई और उसके पीछे सेना भी। सेना ने जंगल को छान मारा लेकिन वह नहीं मिली। तुम्हें लग रहा होगा कि उसे जंगली जानवर खा गए होंगे। ऐसा नहीं हुआ। हर रोज़ कुछ पेड़ों पर धागे बँधे मिलते जो उसके जंगल में होने का सबूत थे। उन धागों के सहारे दिनभर सेना उसे खोजती रहती। फिर अगली सुबह किसी दूसरी जगह वैसे ही धागे बँधे मिल जाते। सेना यह लड़ाई नहीं जीत पा रही थी। दुश्मन से अपनी रणनीति के कारण हर दिन बच जाती। ऐसे ही महीनों गुज़र गए। हर पल जनरल का गुस्सा बढ़ता जाता। वह चिल्लाता। कभी सैनिकों पर, कभी दरबारियों पर तो कभी घोड़ों पर। धीरे-धीरे रसद कम होने लगी तो फिर नगरी से सामान मँगाया गया। सेना का धैर्य भी जवाब देने लगा।

इधर नगरी में सुरतीमाला की चर्चा घर-घर में होने लगी। लोग उसके दीवाने होते जा रहे थे। सारी नगरी को राहत मिली हुई थी जनरल से। लोग दिल-ही-दिल में चाहते थे कि सुरतीमाला सदियों तक न मिले। जनरल ऐसे ही जंगल में भटकता हुआ किसी पत्थर से फिसल जाए। उसकी टाँगें टूट जाएँ। कराहता हुआ एक दिन मर जाए। मिस्टर गेट, तुम तो बीड़ी नहीं पीते ना! हाँ, मालूम है। लाशें कब से बीड़ी पीने लग गईं। मैं एक बीड़ी पी लेता हूँ। जिससे मैं बीड़ी जला रहा हूँ, इसको आग कहते हैं। माफ़ करना यार, बहुत देर से बता रहा हूँ। तुम्हें सबसे पहले दुनिया में आग के बारे में बताना था। इंसान ने सबसे पहले इसकी ही खोज की थी।

नगरी में अब भी जनरल के जासूस मौजूद थे। वे सारी खबरें देते थे उसे। इधर सुरतीमाला का न पकड़ा जाना और उधर नगरी में उसकी तारीफ़ें होने से जनरल को दोहरा ख़तरा महसूस होने लगा। थककर एक दिन उसने सारी सेना को बुलाया और ऐलान कर दिया कि सुरतीमाला मारी गई। एक जंगली जानवर को मारकर कपड़े में लपेट दिया था। रातभर जशन मनाया गया। खूब शराब पी गई और कई जंगली जानवरों का शिकार कर उन्हें पकाया गया। सारी सेना नाची। जनरल की बहादुरी के जयकारे लगने लगे। दरबारियों ने वर्णन करना शुरू किया कि कैसे जनरल रात को तालाब की तरफ़ जा रहे थे तो अचानक वहाँ सुरतीमाला पानी पीती हुई दिखाई दी। जनरल ने बंदूक का निशाना साधा और गोली ने उसका सीना चीर दिया। मिस्टर गेट, तुम्हें यह लग रहा है ना कि ये बात सेना के गले कैसे उतरी। महीनों की दौड़-भाग के बाद नहीं मिलने वाली सुरतीमाला जनरल को अचानक कैसे मिल गई!

तुम लाश हो लेकिन सवाल तो तुम्हारे मन में भी आते होंगे। देखो, सवाल इस दुनिया के सच हैं। सेना हर वह बात मानती है जो जनरल कहता है। सबने मान ली। विजयपाताका लहराते हुए जनरल ने वापस नगरी में प्रवेश किया और उसके बाद वहाँ पर सुरतीमाला का ज़िक्र करना ही गुनाह समझा जाता है।

यह जो रोशनी है, वह सुरतीमाला ही करती है। रोज़ जंगल में ऐसी रोशनी दिखती है। मुझे लगता है कि तुम अब अंधेरे और रोशनी के बारे में तो समझ गए होगे। अब मैं तुझे ज़िन्दगी के बारे में कुछ बताना चाहता हूँ। देखो, दुनिया के बारे में तुम्हें सब सिखाना मेरा फ़र्ज़ है। यह काम जनरल ने

मुझे दिया है और उसे ईमानदारी के साथ करना होगा। वैसे एक रात में सब कुछ नहीं बताया जा सकता। इसलिए मैं कुछ ज़रूरी बातें ही बता रहा हूँ तुम्हें।

किसकी ज़िन्दगी के बारे में बताया जाए! मेरी। नहीं यार, वह तुम्हें ठीक से समझ में नहीं आएगी। ऐसा करते हैं कि तुम्हें, तुम्हारी ही ज़िन्दगी के बारे में बताता हूँ कि तुम लाश में कैसे तब्दील हुए। अच्छे-खासे नौजवान थे। पढ़े-लिखे भी। जिस्म भी बिलकुल तंदुरुस्त था। वह तो अब भी दिख रहा है। कल तक तुम अब की तरह चुप नहीं थे। बोलते थे। उछलते-कूदते थे। गाते थे। हँसते भी बहुत थे।

मिस्टर गेट, कल तक तुम्हारा नाम भी दूसरा था। तुम जिस गली से निकलते वहाँ तुम्हारे काफ़ी चाहने वाले मिल जाते थे। खूब सवाल पूछते तुमसे। तुम्हारे जवाब भी बहुत प्यारे होते और तुम्हारा यह कहना तो लोगों को भा जाता कि कुछ सवालों के जवाब इंसान को खुद तलाशने होते हैं, किसी के पास मिलते नहीं।

चार रोज़ पहले की ही तो बात है कि जनरल ने तुम्हें बुलाया था। उसने कहा था कि सवाल करने बंद करो। यह किसने सिखाया है तुम्हें! गलत सिखाया है। इस नगरी में यह रीत नहीं है। तुम नहीं माने। जनरल से ही सवाल कर बैठे। नतीजा सामने है, अब तुम लाश में बदल दिये गए हो।

मिस्टर गेट, ज़िन्दगी इतनी-सी ही है। सवाल पूछोगे तो कुछ जान पाओगे। भीड़ में, घर में, सब जगह ये पूछे जा सकते हैं। अपने आप से भी। प्रकृति से भी। अब तुम्हारी तरह कोई लाश हो, उसे मैं इससे ज्यादा कुछ नहीं सिखा सकता।

पदयात्री

वह क्लर्क, अध्यापक, सिपाही या कोई भी मध्यमवर्ग का इंसान हो सकता है, जिसने दफ़्तर जाने के लिए तो एक बाइक खरीद रखी हो मगर बाकी के सारे काम पैदल ही करता है। बगल से दूध लाने से लेकर सब्ज़ी लाने तक। या फिर ऐसा इंसान भी हो सकता है कि जिसके पास बाइक-साइकिल कुछ भी नहीं, सिवाय दो टाँगों के। कोई भी हो सकता है मगर यह सड़क पर पैदल घूमता था। उस पदयात्री का घर एक बड़े-से शहर की सबसे व्यस्त सड़क के किनारे था। वह रोज़ घर से निकलता था तो एक ही चिंता ज़ेहन में होती कि शाम को सलामत वापस आएगा क्या!

हर दिन की तरह आज सुबह की सैर के लिए घर के दरवाज़े से पहला कदम बाहर निकालने से पहले ही इस आदमी ने सड़क के दायीं और बायीं तरफ़ का ज़ायजा लिया। सड़क बिलकुल खाली थी। इसे बहुत गहरा संतोष हुआ और इस संतोष का नतीजा इसके चेहरे पर दिखा। एक हल्की-सी मुस्कान थी। चूँकि सड़क खाली थी और मन भी प्रफुल्लित था तो कुछ गुनगुनाना लाज़िमी था। ऐसे माहौल में इंसान कोई खुशी का गीत ही अक्सर गुनगुनाता है। इस आदमी ने भी ऐसा ही किया। गाँव में सुबह खेत की तरफ़ जाते वक़्त किसान द्वारा गुनगुनाया जाने वाला एक लोकगीत इस वक़्त उसकी जुबाँ पर था। अब यह तो आप समझ ही चुके होंगे कि यह आदमी कभी गाँव में रहता था और किसानी से भी इसका नाता था। हालाँकि इस सुबह जिसकी मैं बात कर रहा हूँ, उस समय के इस आदमी के पहनावे से आप उसके अतीत के बारे में कोई भी अंदाज़ नहीं लगा सकते हैं। हाफ़ पैंट और टी-शर्ट अब भी शायद इसके गाँव में सुबह के वक़्त कोई खेत में पहनकर नहीं जाता होगा।

वह आदमी जो लोकगीत गुनगुना रहा था उसी से उसके अतीत का

अंदाज़ा लगाया जा सकता है। उस गीत के बोलों में वह इतना डूब चुका था कि यह भूल गया कि वह सड़क के किनारे चल रहा है। खाली ही सही, लेकिन जब सड़क थी तो वाहन कभी भी आ सकते थे। हालाँकि आज कोई वाहन नहीं आया, वह खुद ही चलकर डिवाइडर से टकरा गया। टकराहट इतनी भर थी कि दायें पैर की ठोकर लगी थी और चप्पल पहनने के कारण अँगूठे का नाखून छिल गया था। उसे अपने आप पर गुस्सा आया। गुस्से की दो वजहें थीं। पहली वजह तो यह थी कि खाली सड़क हुई तो क्या हुआ। इंसान को ध्यान से चलना चाहिए। दूसरी वजह यह थी कि उसे अचानक याद आया कि जब गाँव में खेत में जाते वक्त लोग यह लोकगीत गाते हैं तो चप्पल पहनकर नहीं जाते। वे जूती पहनकर जाते हैं। ठोकरें तो वहाँ भी लगती हैं लेकिन अँगूठे नहीं छिलते।

सुबह से पहली बार किसी वाहन ने उसे क्रॉस किया और वह ट्रक था। बड़ी आसानी से चला गया बगल से गुज़रता हुआ। हॉर्न बजाने की ज़रूरत भी महसूस नहीं हुई। जबकि अन्य दिनों में तो ट्रक का पास से गुज़रना, मौत का बगल से निकलने जैसा अहसास देता था। अब उसे थोड़ी तसल्ली हो गई थी। वह हल्की-सी दौड़ लगाने लगा जो शायद भागने और तेज़ चलने के बीच की स्थिति थी। इस दौड़ में वह लोकगीत वाली धुन छूट गई थी।

अचानक उसके बगल से तेज़ रफ्तार एक कार निकली। वह इतनी तेज़ दौड़ रही थी कि यह आदमी इतना भी नहीं देख सका कि इसका चालक पुरुष था या स्त्री। कुछ देर तक तो वह एकदम सुन्न हो चुका था। उसके ज़ेहन के सारे अहसास जम गए थे। उसे यह भी नहीं समझ में आ रहा था कि वह पूरा ज़िन्दा है या उसके जिस्म का कोई हिस्सा कार के साथ चिपककर चला गया है। जब धीरे-धीरे उसके दिल ने धड़कना शुरू किया और दिमाग ने सोचना शुरू किया तब उसे ख़याल आया कि उसके और कार के बीच मुश्किल से चार इंच का फ़ासला रहा होगा। वह डर चुका था। अगर यह चार इंच का फ़ासला न होता तो! तो शायद वह मर ही जाता और अगर मर जाता तो उसके परिवार को कौन सँभालने वाला था।

अब उसके पास इतना साहस नहीं था कि मुख्य सड़क पर चले। वह फुटपाथ पर चलने लगा। यह पैदल चलने वालों के लिए ही बना है। इस पर

कोई ख़तरा नहीं होगा। शायद सलामत घर पहुँच जाए। एक बार तो उसने यह भी सोच लिया था कि यह सुबह की सैर बंद कर दे। बेवजह कोई भी टक्कर मार जाएगा। तभी इस बात का भी अहसास हुआ कि सुबह नहीं तो दोपहर को या शाम को या रात को, क्या कभी भी घर से बाहर न निकले। ये टक्कर मारने वाले तो हर समय सड़क पर मौजूद रहते हैं। घर में कैद होकर काम भी तो नहीं चल सकता उस जैसे सामान्य आदमी का। इतने में सामने से एक बाइकवाला आता दिखा, हवा में कलाबाजियाँ दिखाते हुए। चूँकि इसे उस आदमी ने दूर से ही देख लिया था तो वह पहले से ही सतर्क होकर फुटपाथ के किनारे दीवार से चिपक गया था। बाइकवाले के निकलने के बाद उसने गहरी साँस ली और अपने आप को बचा पाने की छोटी-सी सफलता का अहसास भी हुआ उसे।

आगे एक मोड़ आया जिससे पहले एक बोर्ड लगा था, 'आगे ख़तरनाक मोड़ है।' वैसे रोज़ यह बोर्ड यहीं रहता है लेकिन इस पदयात्री की निगाहों में आज ही आया था। उसने कुछ क्षण रुककर बोर्ड और मोड़ दोनों को ध्यान से देखा। उसे मोड़ कम, बोर्ड ज्यादा ख़तरनाक लगा। फिर वह वापस चला और यह सोचते हुए चला कि असल में तो सारी सड़क ही ख़तरनाक है। इस बाबत भी कोई बोर्ड होना चाहिए। सामने से एक बुढ़िया आ रही थी जिसके सिर पर लकड़ियाँ थीं। पदयात्री उसे जानता नहीं था लेकिन जब उससे निगाहें मिलीं तो ऐसा महसूस हुआ कि वह भी शायद इसी संकट से गुज़र रही है।

अब आप यह तो जानते ही हैं कि सुबह के वक्त घूमते समय बड़े खूबसूरत विचार आते है दिमाग में। पदयात्री को दूर एक पहाड़ दिख रहा था जिधर से सूरज सिर निकालता है। उसने सोचा कि अगर यह पहाड़ इस जगह न होता तो शहर में सुबह जल्दी हो जाती। अब फुटपाथ खत्म हो चुका था क्योंकि यहाँ से आगे अमीरों की कॉलोनी शुरू हो गई थी। ठीक इसी समय एक साइकिलवाला उसकी बगल से गुज़रा जिसकी साइकिल में घंटी नहीं थी। यह बात पदयात्री को बुरी लगी और उसने साइकिलवाले को मन में गाली दी। साइकिलवाले ने पीछे मुड़कर एक बार देखा ज़रूर था जैसे कि उसे गाली सुन गई हो। गाली सुनी नहीं थी लेकिन वह समझ गया था क्योंकि उसने खुद अभी-अभी पीछे एक बाइकवाले को मन में ऐसी ही

गाली दी थी। बाइकवाले को भी गाली सुनी नहीं थी लेकिन वह समझ गया था क्योंकि कुछ देर पहले एक छोटी कारवाले को उसने भी वैसी ही गाली दी थी। छोटी कारवाले को भी गाली सुनी नहीं थी लेकिन वह भी समझ गया था क्योंकि उसने भी एक बड़ी कारवाले को वैसी ही गाली दी थी। बड़ी कारवाले ने ट्रकवाले को दी होगी। यह सोचते ही पदयात्री बड़ा खुश हुआ क्योंकि इस कड़ी में उसके नीचे कोई नहीं था जो उसको गाली देता। पहली बार उसे अपने पैदल चलने पर गर्व भी महसूस हुआ। अब तक तो वह पैदल चलने को मजबूरी ही समझता था।

सामने चार कुत्ते झगड़ते हुए आ रहे थे। पदयात्री ने इन्हें देखते ही बगल से एक पत्थर उठा लिया डराने के लिए। उसे कुत्तों से बहुत डर लगता है क्योंकि बचपन में उसे किसी कुत्ते ने काट लिया था जिसकी वजह से उसे कई इंजेक्शन लगवाने पड़े थे। बहुत दर्द हुआ था। शायद कुत्तों का डर पदयात्री को ही होता है, गाड़ियों में बैठे लोगों को नहीं। चूँकि वह कुत्तों से तो आगे निकल गया था लेकिन पत्थर फेंकना भूल गया था। सामने से कुछ बच्चे स्कूल के लिए आ रहे थे। उन्होंने पदयात्री के हाथ में पत्थर देखा तो खिलखिलाकर हँसने लगे। पदयात्री ने उनकी हँसी पर ध्यान दिया तब जाकर याद आया और उसने पत्थर फेंका।

अब सड़क पर वाहनों ही संख्या बढ़ गई थी। लोग अपने दफ़्तर जाने की जल्दी में फुटपाथ पर भी बाइकें चलाने लगे थे। पदयात्री सतर्क हो गया। अचानक सामने उसे भीड़ नज़र आई। नज़दीक जाने पर मालूम हुआ कि एक युवक को कोई कारवाला टक्कर मार गया था। युवक की घटनास्थल पर ही मौत हो गई थी। पदयात्री को ऐसा लगा कि उसके अंदर भी कुछ मर गया है। इसी समय वह भी यहाँ हो सकता था। एम्बुलेंस आई और मृतक को ले गई। कुछ ही देर में भीड़ भी जा चुकी थी। पदयात्री वहाँ अकेला खड़ा था। उस युवक के शरीर से निकले खून के धब्बे सड़क पर एक विचित्र किस्म का नक्शा बना रहे थे। इस नक्शे का देश पदयात्री ने न कभी ग्लोब पर देखा और न ही कहीं सुना-पढ़ा था। फिर भी वह नक्शा उसे आकर्षित कर रहा था। वह खड़ा हुआ सोच रहा था कि यह नक्शा उस आदमी के गाँव का या उसके घर का हो सकता है। तभी उसके दिमाग को झटका लगा और याद

आया कि यह नक्शा तो उस युवक के शरीर का है। बिलकुल वैसे का वैसा। जैसे कि किसी ने बनाया हो। तभी एक बाइकवाला उस नक्शे की टाँगों के ऊपर से गुज़रा। टायरों पर चिपकी रेत ने नक्शे की टाँगें काट दीं। इस बार भी ऐसा हुआ कि पदयात्री को अपने घुटनों में असहनीय पीड़ा महसूस हुई। लेकिन जब देखा तो उसके पैर सलामत थे।

सड़क पर कारों के क़ाफ़िले शुरू हुए। शायद कोई बड़ा नेता जा रहा था। पहली ही कार ने उस नक्शे का पेट कुचला। पदयात्री ने अपना पेट देखा जो बाकायदा ठीक था। लेकिन दिमाग ने मान लिया था कि उसका पेट कुचला जा चुका है। पैर अलग हो गए हैं। असहनीय पीड़ा के कारण वह कराहने लगा। आस-पास के कुछ लोग आकर कराहने का कारण जानने लगे। जब उसने बताया कि उसके पैरों पर से बाइक निकल गई है। पैर शरीर से अलग हो गए हैं। अभी कारवाला पेट के ऊपर से कार निकालकर ले गया है। उसकी सारी अंतड़ियाँ पिस गई हैं। वह सड़क के किनारे गिर चुका था। लोगों ने देखा कि पैर और पेट, सब सलामत तो हैं। तभी किसी एक ने उसे पागल बताया तो कुछ हँसकर वहाँ से विदा हो गए और कुछ हिकारत की नज़र से देखकर चलते बने।

नेता जी के क़ाफ़िले में कई गाड़ियाँ थीं। जब वह पूरा गुज़र चुका था तब तक नक्शा भी मिट चुका था। खून का धब्बा भी नहीं था। सड़क का वह हिस्सा अब अलग से पहचाना नहीं जा सकता था। पदयात्री ने उस तरफ़ देखा तो उसे खुद के मरने का अहसास हुआ। अब उसे लगा कि वह शरीर नहीं, केवल संवेदना है जो बच गई है।

वह खड़ा हुआ और घर की तरफ़ चल दिया। वह सोच रहा था कि उसने ऐसा क्यों सोचा उस लड़के के बारे में। वह उसे जानता भी नहीं है। मानवीय स्तर पर एक सहानुभूति हो सकती है। वह अफ़सोस जता देता। आस-पास के लोगों ने क्या सोचा होगा। हो सकता है कोई उसकी जान-पहचान का भी हो जिसने उसे इस हालत में देखा हो। कल को वह अन्य लोगों को मोहल्ले में कहेगा तो सब उसे पागल करार दे देंगे। लेकिन उसने जानबूझकर तो नहीं किया यह सब। अपने आप हो गया।

पदयात्री ने घर आकर ऑफ़िस में फ़ोन करके छुट्टी माँग ली। घर के

लोग उससे किसी बारे में बात करते तो हर बात को वह घुमा-फिराकर अपने शरीर के अंगों पर ले आता। वह तस्दीक कर रहा था कि सच में उसका जिस्म इस धरती पर है या नहीं। साथ में, यह भी चाह रहा था कि किसी घरवाले को यह हादसा मालूम भी न हो जाए। यही वजह थी कि वह घर के हर सामान को छूकर, सूँघकर, देखकर अपने आप का अस्तित्व तलाश रहा था। इसी तलाश में उसे पुराने स्कूटर को छूने के दौरान अपना बायाँ पैर मिला। स्कूटर एक बार स्टार्ट होकर बंद हो गया। शायद स्कूटर में तेल खत्म हो गया हो क्योंकि स्कूटर को जब उसने चलाना छोड़ा था, उस समय यह स्थिति आ गई थी कि इसके चलाने के लिए तेल के पैसे उसकी जेब पर भारी पड़ रहे थे। उसने यह भी सोचा कि कल-परसों तक अगर तनख़्वाह आ जाए तो स्कूटर ठीक करायेगा क्योंकि अब यह तो तय हो गया था कि सड़क पर पैदल चलना कम-से-कम उसके लिए ख़तरे से खाली नहीं है। वैसे तनख़्वाह भी वक्त पर कहाँ आती है! पिछले सालों के रिकॉर्ड से तो यही दिख रहा है। फिर तो मजबूरी में बाहर पैदल ही जाना पड़ेगा।

पदयात्री को कुछ ज़्यादा बेचैनी महसूस हुई। उसे लगा कि छत पर जाकर कुछ खुली हवा प्राप्त की जाए तो राहत मिले। वह अपने ही घर की उन सीढ़ियों पर चढ़ने लगा जिन पर किसी ज़माने में दिन में दस बार चढ़ने पर भी छटाँगभर थकान महसूस नहीं होती। आज साँस फूल रही थी। सीढ़ियों का बल्ब कई दिनों से फ़्यूज़ था और किसी घरवाले को इतनी भी फ़ुर्सत नहीं है कि बल्ब बदल दे। एकदम अँधेरा था। छत का दरवाज़ा भी बंद था तो रौशनी आने की कोई जगह ही नहीं थी। उसे चंद पलों के लिए तकरीबन सारे घरवालों पर गुस्सा आया और इसी गुस्सेवाले पल में पता ही नहीं चला कि कब पैर फिसल गया। यह तो गनीमत थी कि दीवार पकड़ में आ गई अन्यथा तो आगे वाले दाँत टूट ही जाते। नाक तो फिर भी छिल ही गई। हाँ, इस बहाने नाक, मुँह और दाँतों का अस्तित्व पदयात्री को मालूम हुआ। अपने आप को सँभालते हुए वह किसी तरह से छत पर पहुँच ही गया। नाक पर कुछ गीलापन जैसा महसूस हुआ। हाथ से छूकर देखा तो खून था। आज उसे अपने खून को देखकर खुशी महसूस हुई क्योंकि वह सोच रहा था कि जब खून उसकी रगों में दौड़ रहा है तो वह ज़िन्दा है। इसी अहसास के कारण वह अपने हाथ पर लगे हुए खून को देखकर हँसने लगा। अचानक उसे न

जाने क्या ख़याल आया कि हाथ को चाटने लगा। हाँ, वह अपने खून का स्वाद चख रहा था। बिलकुल वैसा ही स्वाद था जैसा बचपन में होता था। जब वह पत्थरों से लोहे के छोटे टुकड़ों को कूटकर उनसे गाड़ी के टायर बनाने का संघर्ष किया करता था तो अचानक से उसी का हाथ फिसल जाता और उसकी उँगली से खून निकलने लगता। तुरंत वह अपनी उँगली को मुँह में लेकर चूसने लगता। फिर इधर-उधर देखता कि किसी घरवाले ने देख तो नहीं लिया है। जब उसकी निगाहें निश्चित हो जातीं कि किसी ने नहीं देखा तो वह बड़े मज़े से उँगली चूसता रहता। नमकीन जैसा स्वाद आता। आज भी वैसा ही स्वाद आया।

पदयात्री अपने ही घर की छत से शहर को देख रहा था। पूरा शहर उसे पहले जैसा ही नज़र आ रहा था सिवाय सड़कों के। सड़कें इस समय तक व्यस्त हो गई थीं। वाहनों की लम्बी कतारें दिख रही थीं और पदयात्री को लगने लगा कि सड़क पर चलने वाला हर वाहन किसी इंसान को कुचल कर जा रहा है। खून के फव्वारे छूट रहे हैं। उसका दिमाग चकराने लगा। वह उसी जगह बैठकर अपने बाल नोचने लगा। तभी उसे यह याद आया कि उसके शरीर पर बाल हैं जिन्हें नोचा जा सकता है। वह तेज़ी से सीढ़ियाँ उतरकर घर के अंदर आकर सो गया।

जब पदयात्री नींद से उठा तो वह बिलकुल स्वस्थ था। उसका शरीर और दिमाग ठीक से काम कर रहा था। आजकल वह रोज़ घर के दरवाज़े तक आता है और अपने शरीर के सारे अंगों को देखता है, जो बिलकुल सही हैं। फिर भी वह दरवाज़े से बाहर सड़क पर नहीं आ पाता। पदयात्री को लगता है कि उस हादसे में उसकी कोई ज़रूरी चीज़ गायब हो गई है जो उसे सड़क पर ले जाती थी। शायद वह गायब हुई चीज़ पदयात्री का साहस हो सकती है।

प्रेम दीवानी

कलिंदी ने प्रेम को न रोग की तरह स्वीकार किया था और न ही शौक के तौर पर। उसके लिए प्रेम पानी में बहती धार, बारिश में बजते गीत और आग से निकलने वाले धुएँ की तरह था। जो ज़िन्दगी की जड़ों से उठता है और उसके रेशे-रेशे को अपने आगोश में ले लेता है। सदियों से बंद पड़े तंबूरे की तान को जब कोई दीवानी अचानक छेड़ती तब पहली जो धुन निकलती है उसकी गूँज ताउम्र कानों में अपना घर बना लेती है। फिर हज़ारों धुनें कानों में आती-जाती रहती हैं लेकिन इसका स्थान कोई नहीं ले सकता है। धुन के उस घर में ख़्वाबों का पहरा और यादों का बसेरा होता है। किसी ख़्वाब का दरवाज़ा बंद करने की कभी ज़रूरत ही नहीं महसूस होती है। जब इंसान ज़िन्दगी के कामों में उलझता तो ख़्वाब कुछ देर के लिए नींद की झपकी ले लेता है और कामों से फुर्सत मिलते ही वह अपनी कथा कहना शुरू कर देता है।

इसी तरह एक दिन सर्दी की दोपहर थी। हवा में पानी की नमी थी जिनके सामने सूरज की किरणें अपनी गर्मी कायम रखने का संघर्ष कर रही थीं। कलिंदी के पास आज कोई काम नहीं था, संडे की छुट्टी के दिन अक्सर दोपहर का खाना खाने के बाद फुर्सत ही होती है। कोई अच्छी फ़िल्म देखना, संगीत सुनना या फिर कोई उपन्यास पढ़ने जैसे कामों में ज़रूरी नहीं है कि हर संडे को मन लगे ही। आप सोच रहे होंगे कि फुर्सत के समय किसी दोस्त के घर चले जाना चाहिए या दोस्त को अपने घर बुला लें तो आराम से गप्पें हाँकी जा सकती थीं। हमेशा गप्पों में मन भी कहाँ लग पाता है।

कुछ पल तो अपने नितांत एकांत के चाहिए होते हैं इंसान को। जब उसके साथ कोई नहीं होता है। हवा के सहारे वह आसमान से बातें कर पाता

है। अगर ऐसा एकांत नहीं मिलता तो वह बेचैन हो उठता है। कलिंदी भी काफ़ी दिनों से बेचैन रहती थी क्योंकि उसे ऐसा एकांत नहीं मिल पा रहा था। हालाँकि उसका फ़्लैट अकेली का ही था लेकिन कई दिनों से एक्ज़ाम के लिए गाँव से छोटे भाई-बहन आये हुए थे। वे इतना हंगामा रखते थे कि वहाँ पर एकांत असंभव था। ऑफ़िस का हाल इससे बदतर था। काम का बोझ पिछले दिनों इतना बढ़ गया था कि पलभर भी सुस्ताना बड़ी उपलब्धि होती। ऐसे में अपने आप का ख़याल भी नहीं रखा जा सकता है।

कल सारे भाई-बहन जा चुके थे और वह अकेली थी। ऐसी स्थिति में किसी दोस्त को बुलाने की बात तो दूर उसने फ़ोन भी बंद कर दिया। आज उसे बिलकुल पसंद नहीं था कि कोई उसकी बाहरी दुनिया और अंदर के मन के बीच में तनिक भी खलल डाले। वह दोनों के बीच जमकर बातें करना चाहती थी। ये सुकून के पल इतने सुन्दर होते हैं कि कोई चित्रकार इन्हें बनाने के लिए बैठे तो सात रंग कम पड़ जाते हैं। कोई गीतकार इन्हें गुनगुनाये तो सुरों की कंगाली-सी महसूस होती है।

कलिंदी ने बालकनी में कुर्सी डाली और एक बोतल में गर्म पानी भरकर पास रख लिया। कई बार गर्म पानी भी ऐसा स्वाद दे जाता है, जैसा न कोई जूस दे पाता है और न ही कोई शराब। उसमें उठती हुई भाप में आने वाली खुशबू से ही पानी की पहचान होती है। पानी का अपना स्वाद भी होता है जिसे या तो रेगिस्तान की तपती धूप में सूखे कंठों से महसूस किया जा सकता है या फिर सर्दी के मौसम में भाप उठते पानी से पहचाना जा सकता है। दुनिया की हर वस्तु का स्वाद और उसकी खुशबू होती है जो किसी दूसरी वस्तु से नहीं मिलती है।

यूँ तो उसने कई बार मोहब्बत की थी। रिश्ते अपनी मर्ज़ी से पैदा किए, उन्हें इन्जॉय किया और जब भी रिश्ता अपनी मिठास को नमकीन में तब्दील करने लगता तो उसे एक खूबसूरत मोड़ देकर छोड़ देती। एक बार कलिंदी ने जिस रिश्ते को छोड़ दिया, उसके बाद वापस मुड़कर नहीं देखा। इस रिश्ते ने जिसके कारण कॉलोनी में उसे 'प्रेम दीवानी' कहा जाने लगा, उसने भी ये सारे पड़ाव देखे थे। इस रिश्ते की पैदाइश भी कुछ अलहदा अंदाज़ में हुई थी।

यह सालभर पहले की बात है जब प्रेम दीवानी कलिंदी बिलकुल अकेली

थी। ब्रेकअप हुए भी करीब सात महीने हो चुके थे। आज के दिन की तरह उस दिन भी वह अपने एकांत का मज़ा ले रही थी। उस दिन कुछ गर्मी का माहौल था और उसे पक्का याद है कि संडे ही था। खाना खाने के बाद बियर पीने का मन किया। अक्सर वह बियर किसी बार में पीती थी, चाहे पूरे बार में एक भी औरत न हो। मर्द तिरछी नज़रों से देखते और कभी किसी ने इशारे किये तो थप्पड़ रसीद होते वक्त नहीं लगता। उसके जाते ही बार के कर्मचारी एक टेबल ही खाली करवा देते, उन्हें लगता कि कोई पंगा न हो। उस दिन जब वह पहुँची तो बार के कर्मचारी ने टेबल पर बैठे उस युवक को उठाने की कोशिश की जिसने आधी बियर खाली कर दी थी। इतने हैंडसम बंदे को आधी बियर से नशा होने का सवाल ही नहीं उठता।

कलिंदी ने एक उँगली में गाड़ी की चाबी घुमाते हुए काउंटर पर जाकर एक नज़र पूरे बार पर डाली। दोपहर के समय बियर पीने वाले लोग दो ही तरह के होते हैं, एक तो वे होते हैं जिनके पास कोई काम नहीं होता है। टाइम पास करना होता है। घर में बैठे बोर हो जाते हैं और रात को कुछ घरेलू कामों के कारण पी नहीं पाते हैं। दूसरी तरह के वे लोग होते हैं जो सुबह दो घंटे काम करके खाने से पहले एक बियर पीना अपना फ़र्ज़ समझते हैं। जिस भी बंदे पर उसकी नज़र पड़ती उसे हज़ार वाट के करंट का झटका-सा महसूस होता। सामने वाले की निगाहें पाताल में गड़ जातीं। कलिंदी की मोटी और सफ़ेद आँखों में एक कशिश तो हमेशा से थी। थोड़े समय की निगाहों में उसने पूरे बार के मर्दों के सर ऊपर से अपनी नज़रें निकाल दीं।

उधर बार का कर्मचारी उस कोने वाली टेबल के युवक से बात कर रहा था जिसकी एकदम काली दाढ़ी और सफ़ेद बाल थे। वह युवक कर्मचारी की बात को मान ही नहीं रहा था, बड़ी सहजता और प्रेम से उससे शानदार तर्क कर रहा था। कर्मचारी ने कहा कि यहाँ पर वह मैडम बैठेंगी, आप दूसरी टेबल पर चले जाएँ। वैसे भी यह टेबल इस बार की सबसे प्राइम लोकेशन पर था। यहाँ से एक तरफ़ शहर की इमारतें दिखती थीं तो दूसरी तरफ़ कुतुबमीनार और उसके आस-पास के जंगल की हरियाली। उस युवक ने जवाब दिया कि उसकी टेबल पर तीन सीटें खाली पड़ी हैं आराम से मैडम बैठें, वैसे भी मुझे मर्द-औरत का भेद करना पसंद नहीं है।

कर्मचारी समझाने की कोशिश कर रहा था कि यह मैडम कई बार आती है और अकेली ही बैठकर पीती है, किसी के साथ बैठना उसे पसंद नहीं है। वह युवक भी कह रहा था कि उसे भी लोगों के साथ बैठना बिलकुल पसंद नहीं है, लेकिन क्या एक टेबल पर बैठना भर ही साथ बैठना है। ठीक इसी वक्त कलिंदी उस टेबल के पास पहुँची और बिना किसी परिचय के पूछा, ''एक टेबल पर बैठना ही साथ बैठना नहीं होता तो फिर साथ बैठना किसे कहोगे।''

''बड़ा मुश्किल सवाल है मैडम। कई दिनों से इसी के जवाब की खोज कर रहा हूँ कि आख़िर इंसान का साथ रहना क्या है और उसका बेस्ट रूप क्या हो सकता है?'' उस युवक की निगाह कुतुबमीनार की चोटी पर टिकी हुई थी। उसने एक नज़र ठीक से कलिंदी को देखा भी नहीं था। शायद उसके आने से पहले उसे पूरी तरह से देख लिया हो या फिर देखने में कोई रुचि नहीं हो।

''क्या मैं आपकी टेबल पर बैठ सकती हूँ?'' कलिंदी ने पूछा।

''यह तो आपकी मर्ज़ी पर निर्भर करता है। मैं इजाज़त देने वाला कौन हूँ?'' युवक बोला।

कलिंदी ने कुर्सी थोड़ी घुमाकर ठीक उधर ही मुँह किया जिधर उस नौजवान का मुँह था। जहाँ से एक आँख से दिल्ली की आबादी देखी जा सकती है तो दूसरी आँख से कुतुबमीनार और उसके आस-पास की हरियाली। फिर उसने बैरे को दो ठंडी बियर का ऑर्डर दिया। वह दो बियर ही पीती है और हमेशा एक ही साथ मँगवा लेती है। बैरा बियर लाने चला गया और ये दोनों चुपचाप आकाश और कुतुबमीनार के बीच के स्थान को नज़रों से नापते रहे। अभी तक न एक-दूसरे से परिचय हुआ था और न ही इनका कोई बात करने का मन था। लेकिन दोनों को ही यह अहसास ज़रूर था कि उनके पास बैठा इंसान कुछ अलग है। रोज़ के शराबियों की तरह नहीं है जिससे बात करोगे तो ज़ेहन को सिवाय बकवास के कुछ हासिल नहीं होता। इसलिए उन्हें लग रहा था कि आपस में कुछ बातें हों। मुश्किल यह थी कि कौन इन बातों की शुरुआत करे और क्या बातें की जाएँ। हालाँकि एक-दूसरे का नाम और काम पूछने के सनातन सवाल उनके पास रिज़र्व थे जिनसे बातें कहीं भी, कभी भी और किसी भी दिशा में प्रारंभ की जा सकती हैं।

इतने में बैरे ने बियर ला दी और साथ में गिलास भी। कलिंदी ने बियर

से गिलास भरा और आगे बढ़ाकर कहा, ''चल, एक टेबल पर बैठने वाले। चीयर्स। तुम्हारा सवाल बड़ा मज़ेदार है कि एक टेबल पर बैठना साथ बैठना थोड़े होता है?''

''दुनिया में सब कुछ मज़ेदार ही है मैडम। देखने वाले का नज़रिया चाहिए,'' उस युवक ने पहली बार हल्की-सी मुस्कान दिखाई।

एक घूँट भरकर कलिंदी ने गिलास टेबल पर रखा और बंदे से मुखातिब हुई, ''और क्या-क्या मज़ेदार चीज़ें हैं ज़रा हम भी जानें?''

''यह कुतुबमीनार भी कितनी मज़ेदार है। ऐसा लगता है कि इन छोटे पेड़ों की तरह ही कोई पेड़ है जिसके पत्ते झड़ गए और टहनियाँ टूट गईं। शायद इसमें पानी डाला जाए तो फिर से कोई कोंपल निकल ही आएगी?'' युवक ने टेबल पर पड़ी मूँगफली खाते हुए बताया।

''वाह....। लगता है खूब पी चुके हो। तभी बहकी-बहकी बातें कर रहे हो। तुम्हारा नाम भी मज़ेदार होगा!'' कलिंदी ने अपने सर के छोटे-छोटे बालों पर हाथ फिराते हुए पूछा।

इस बार बंदे ने कुछ जवाब नहीं दिया। उसने नज़र घुमाकर इमारतों वाली दिल्ली का जायज़ा लिया। गहरी साँस छोड़कर एक नया पैग बनाया और दो बियर का बैरे को ऑर्डर कर दिया। यूँ वह अक्सर ही दो बियर ही पीता है जो अभी तक पी चुका है। अब अचानक दो और पीने का इरादा बनाने के पीछे क्या बातें रही थीं वह तो मालूम नहीं लेकिन कलिंदी के सवालों से उसका ज़रूर कुछ वारता था। ऐसा वास्ता जिससे वह हमेशा बचता रहा है, शायद उन्हें आज बताकर ही रुके।

''मैडम, नाम तो अजर है। मुझे लगता है कि अब आप आगे मेरे गाँव, शहर और देश के बारे में पूछेंगी। फिर खानदान के बारे में जानना भी आपको ज़रूरी लगेगा। यह सवाल कौन-सा बुरा है कि क्या करते हो और शादी-बच्चों के बारे में तो पूछना तय ही है। फिर आप मेरी पढ़ाई के बारे में पूछ सकती हैं, मेरी पसंद के बारे में और ज़िन्दगी के आगे के प्लान के बारे में भी जानने की इच्छ होगी। गर्लफ्रेंड से जुड़ी जिज्ञासाएँ हो ही सकती हैं। पाँच-दस सवाल कुछ और भी संभव हैं।''

''मैडम, ऐसे सवालों का जवाब मैं ज़िन्दगी में हज़ारों बार दे चुका

हूँ। आपको बता दूँ कि एक बात को मैं दोबारा दोहराता नहीं हूँ तो ज़ाहिर है कि जवाब भी हज़ार ही तरह के होंगे। इनमें सच कोई एक ही जवाब है तो बाकी सारे झूठे थे। झूठ मैं बड़ी तरतीब से बोलता हूँ जिसमें सच्चाई न होने के बावजूद भी तर्क होता है। लेकिन उनमें कोई तथ्य नहीं होता।''

''आपके एक-एक सवाल का जवाब दे दिया जाए। गाँव में मैं पैदा हुआ था और मुल्क की आज़ादी के वक्त मेरा खानदान वहीं रहता था। दादा ज़मींदार थे तो मेरा बचपन सुख में बीता लेकिन मेरे जैसे सैंकड़ों बच्चों का जीवन उस समय दुखमय था। इसलिए मेरे सच को सबका सच मत मान लेना। इससे कई समस्याएँ होने लगती हैं। या तो सच तक पहुँच ही नहीं पाओगे या फिर झूठ को ही सच मान लोगे।'' इतना लम्बा भाषण देकर अजर ने कुछ देर के लिए आँखें बंद कर लीं।

कलिंदी ने एक उन्मुक्त हँसी के ठहाके के साथ कहा, ''तुम सदियों से भरे हुए लगते हो अजर। ऐसा लगता है कि कोई सुनने वाला मिला ही नहीं। वैसे तुम मुझे क्यों बता रहे हो?''

''ताकि तुम्हारा नाम जान सकूँ,'' अजर अभी भी उसी मुद्रा में एक जगह नज़र टिकाए हुए था।

''बाप रे। नाम जानने के लिए तुम इतनी बड़ी कथा सुना रहे हो तो बाकी चीज़ें जानने के लिए तो पूरा महाकाव्य सुनाओगे। कलिंदी कहते हैं मुझे।'' उसने एक सिप में गिलास खाली कर दिया था।

''सब ही कहते हैं तो हम भी कलिंदी कह देंगे,'' अजर ने एक नज़र उस पर डाली और बियर पीने लगा।

इसके बाद काफी देर तक दोनों में किसी प्रकार की बातें नहीं हुईं। वे चुप थे और बिना शब्दों के ही संवाद कर रहे थे, दोनों ही स्थितियाँ संभव हैं। बार के बैरे और वहाँ मौजूद अन्य लोग जो कलिंदी के व्यवहार को यहाँ कुछ देर अकेली बैठकर बियर पीने के कारण जानने का दावा करते थे, वे सब आज आश्चर्यचकित थे। उन्हें समझ नहीं आ रहा था कि पहली बात तो यह कि बंदी किसी के साथ बैठ भी कैसे सकती है और दूसरी बात तो बिलकुल ही दिमाग से बाहर थी कि जिसके साथ बैठी है उसके साथ ऐसे बातें कर रही है जैसे सदियों का याराना हो। जैसे बिछड़े पंछी मिले हों एक बार में। जैसे

उन बिन टेबल अधूरी हो। जैसे बियर नहीं अमृत पी रहे हों। जैसे आज वहाँ पर कुछ मुकम्मल-सा होने जा रहा हो। ऐसे कितने ही 'जैसे-जैसे' करके वे अपने विचारों से मामले का सूत्र ढूँढ़ने की कोशिश कर रहे थे। शायद किसी को सूत्र मिल गया हो या किसी को न भी मिला हो। नज़रें सबकी उनकी तरफ़ ही थीं।

इस चुप्पी का भी उन्हें आनंद आ रहा था। कान कुछ सुनना ज़रूर चाह रहे थे लेकिन बिना सुने भी सुनने से ज़्यादा मज़ा आ रहा था। ऐसी स्थिति में बियर के असर करने का तो सवाल ही नहीं उठता है। वह न चढ़ती है और न ही उतरती है। एक जगह लाकर सुरूर को स्थायी कर देती है। एक नशा जो खून की तरह जिस्म को अपना लगता है, उसकी गर्मी के लिए मंद चूल्हे की आँच का काम करता हो। उन्होंने दो-दो बियर और मँगवा ली थीं। आज तो पूरा टैंकर भी पी जाएँ तो कौन-से लड़खड़ा रहे थे और मान लो लड़खड़ा भी गए तो ज़ाहिर तौर पर कोई सहारा देने वाला बगल में मौजूद था। चंद बातों में इतना बड़ा विश्वास कैसे पैदा हुआ? दरअसल, विश्वास तो इंसान के एक शब्द से ही झलक जाता है जब वह आत्मा की निर्मलता को बहाकर बाहरी दुनिया से आज़ाद करता है। शब्द आज़ादी का पहला वाहक होता है।

''तुम्हारा किस्सा मज़ेदार था। ऐसा लगता है कि तुम्हारे गाँव को मैंने देखा है। सुनाओ तो।'' इस बार कलिंदी के कहने में गन्ने जैसी कुछ मिठास का अहसास हो रहा था। जब सच्चे दिल से अहसासात को व्यक्त किया जाता है तो पत्थर भी उसे प्राप्त कर लेता है। ऐसा हो ही नहीं सकता कि कोई प्रेमभरी बातें कहे और सुनने वालों को उनमें नफ़रत की बू आने लगे। प्रेम तो ऐसा अहसास है कि इंसान एक बार तो दो शब्द सुनकर मुर्दा हो तब भी कान हिला देता है। लोग सोचते हैं कि बंदा ज़िन्दा है लेकिन वह तो प्रेम की एक हरकत होती है।

''उस गाँव में मेरे माँ-बाप थे और सारा भरा-पूरा परिवार था। स्कूल के दिन भी बड़े खूबसूरत गुज़रते थे। स्कूल में टीचर बाकी बच्चों को डाँटते भी थे और पीटते भी थे लेकिन मेरे दादा के डर के कारण मुझे कुछ नहीं कहते थे। ऐसी सुख की दुनिया में हमारे दिमागों में एक स्थायी दुख भी रहता था। वह स्थायी दुख था एक दूसरा हरनाम सिंह का ज़मींदार परिवार जो मेरे

दादा का जानी दुश्मन था। इन दोनों परिवारों में हर बात की हमेशा होड़ रहती थी। एक परिवार अगर जीप लाएगा तो दूसरा भी वैसी ही जीप लेकर आएगा, चाहे उसे कर्ज़ ही क्यों न लेना पड़े। एक ने अगर भैंस खरीदी है तो दूसरा भी खरीदेगा, चाहे उसके घर में पहले से दस भैंसें बँधी हुई हों। एक ने अगर घर में रंग-रोगन किया है तो दूसरा भी करेगा, चाहे उसके घर का रंग फीका पड़ा ही नहीं हो। यहाँ तक कि एक परिवार में लड़का पैदा होता तो दूसरा भी बच्चा पैदा करता और अगर लड़का होता तो गर्व महसूस करता और लड़की होती तो मायूस हो जाता। दोनों परिवारों के आधार पर ही गाँव के रिश्ते बँटे हुए थे। अगर कोई हरनाम सिंह के परिवार से दोस्ती रखता तो मेरे दादा के परिवारवालों से उनकी बोलचाल भी संभव नहीं थी और हमारे दोस्तों का उनके यहाँ किसी तरह का व्यवहार नहीं था। इस युद्ध में गालियाँ और छोटे-मोटे झगड़े तो होते ही रहते थे।

हमारे दादा के एक खास दोस्त के पोते ने हरनाम सिंह की पोती से प्रेम किया और वे घर से भाग गए। इसे हरनाम सिंह ने अपनी शान के खिलाफ़ माना। उसने गाँव में घोषणा कर दी थी कि वे मेरे परिवार का वंश खत्म कर देंगे। तुम बोर तो नहीं हो रही हो ना?'' अजर ने एक ब्रेक लिया और मन में सोचा कि अब इस लड़की के धैर्य ने जवाब दे दिया होगा और नशा भी हो गया होगा, आगे का किस्सा नहीं सुनेगी शायद।

''बिलकुल ही नहीं। मुझे तो तुम्हारे गाँव को देखने में मज़ा आ रहा है। ऐसा लग रहा है जैसे कि सारा सीन मेरी आँखों के सामने से गुज़र रहा है। वैसे तुम किस्सा सुनाते भी गज़ब अंदाज़ में हो। कहीं तुम किस्सागो तो नहीं हो?'' कलिंदी दोनों पैर कुर्सी पर लेकर पालथी मारकर बैठ गई थी।

''यहाँ से दुखों का महासागर शुरू होता है। एक दिन गर्मी की रात थी और हमेशा की तरह मेरे दादा-दादी तो घर के चौक में सो रहे थे और पापा-मम्मी छत पर। हरनाम सिंह तलवार लेकर आया। पहले तो उसने दादा-दादी का और फिर छत पर जाकर पापा-मम्मी का कत्ल कर दिया। उस समय मैं भी बच नहीं पाता लेकिन मेरे पापा को मारते समय उनकी चीख से मैं जग गया था। मेरा गला सूख गया और मालूम नहीं कैसे चुपके से चारपाई के नीचे दुबक गया। अंधेरी रात थी। मुझे हरनाम सिंह का चेहरा नहीं दिखा था।

मैं चारपाई के नीचे दुबका हुआ था और चारपाई पर मेरी माँ का क़त्ल हुआ। उसका खून मेरे शरीर पर टपकता रहा। साँस निकल जाए तो मौत का डर मिट जाए। दिल में आया कि इतनी ज़ोर से चीखूँ कि आसमान-धरती एक हो जाएँ। उम्र उस समय बारह बरस की थी। सुबह पुलिस के साथ गाँव के लोग आए होंगे उससे पहले ही उजाला होते मैं घर के पीछे कूदकर भागा और आज तक भागा जा रहा हूँ। हर दिन और हर पल मुझे ऐसा लगता है कि हरनाम सिंह तलवार लेकर मुझे खोज रहा है क्योंकि उसका कौल, वंश खतम करने का तो तभी पूरा होगा जब मैं मारा जाऊँ। अच्छा यह बताओ कि तुम्हारी कहानी क्या है?'' अजर अब बियर समाप्त कर चुका था।

''फिर कभी सुनाई जाएगी। आज तो तेरी ही इतनी दर्दनाक है कि मेरा कहानी सुनाने का हौसला भी नहीं है। अब चला जाए। अगले संडे मिलते हैं इसी टाइम पर,'' कलिंदी भी उठकर घर की तरफ़ रवाना हो गई।

अगले संडे वे फिर मिले लेकिन इस बार ऐसे मिले जैसे सदियों से एक-दूसरे को जानते हों। अब किसी प्रकार की कोई दूरी नहीं थी। पिछली बार तो बियर का बिल दोनों ने अलग-अलग दिया था लेकिन इस बार एक ही बियर को शेयर कर रहे थे। हँस रहे थे और यह भी जान गए थे कि कलिंदी को पेंटिंग का शौक है और अजर को सिंगिंग का। वह धीमी आवाज़ में गाना सुना रहा था और हाँ, टेबल तो इस बार भी उन दोनों को वही किनारे वाली मिली थी जहाँ से दिल्ली की दो धड़कनें दिखती हैं। अजर गाने सब कलिंदी की पसंद के सुना रहा था और इत्तेफ़ाक यह है कि उनमें से अधिकांश गाने उसकी पसंद के भी थे। जब सिंगर और श्रोता की पसंद एक हो और श्रोता मोहब्बत के आधे समंदर में हो तो सुनाने वाले की आवाज़ में एक लज़्ज़त अपने आप ही पैदा हो जाती है। आवाज़ ऐसे निकलती है जैसे कि पानी में कोई हंस तैर रहा हो।

इस संडे को भी बार में वैसी ही भीड़ थी। दो नौजवान शराबी जो प्रेम की हारी हुई बाज़ी के बाद इस शरणगाह में आए थे, वे ज़ोर-ज़ोर से हँस रहे थे। अपने प्रेम का खुद ही ऐसा मज़ाक बना रहे थे, जिससे वे उसके गम से बाहर निकल पाएँ। यह भी इंसान की एक फ़ितरत होती है कि अपनी हार के शोक को कई बार हँसकर भूलना चाहता है। साहिर लुधियानवी का वह गीत है

ना कि 'मैं हर फ़िक्र को धुएँ में उड़ाता चला गया।' क्या कभी ऐसा हो पाया है।

हमेशा की तरह परमानेंट शराबियों के साथ आज कुछ नए शराबी भी थे जो शायद कलिंदी के बारे में नहीं जानते हों। वे उसे देखकर कुछ इशारे करने की कोशिश कर ही रहे थे कि बैरे ने आकर कुछ कहा और उसके बाद वे अपनी इन्जॉयमेंट में लग गए। उन्हें लग गया होगा कि यहाँ पर ज़्यादा वक्त ज़ाया किया तो कुछ हासिल होने की बजाय डाँट ही मिलने वाली है। बैरे को भी समझ में आ गया था कि मैडम की उस बंदे के साथ ट्युनिंग अच्छी है। इतनी ही देर में कुछ लड़कियाँ और आ गई थीं। एक टेबल को वे भी घेरकर बैठ गईं। ये बड़ी गंभीर और उदास थीं। शायद ऑफ़िस के काम से थककर आईं हों या कि चिंताओं की और भी वजहें हो सकती हैं। लड़कियों की चिंताओं की वजहें संसार के मर्दों ने लाखों पैदा कर रखी हैं। फेहरिस्त बनाने बैठ जाओ तो लम्बी लिस्ट बन सकती है। एक वजह जो बहुत साफ़ है, वह यह है कि उनके लिए कुछ स्थानों पर जाने की पाबंदियाँ हैं और आज जब वे वहाँ पर दिखती हैं तो मर्दों की दुनिया में खलबली मच जाती है। उनका बस चले तो वे दुनिया को औरतों के बिना ही आबाद कर दें लेकिन ऐसा संभव नहीं है।

गाना सुनने के बाद कलिंदी ने पेंटिंग के बारे में बताना शुरू किया। वह एक टीचर की तरह बता रही थी और अजर एक स्टूडेंट की तरह सुन रहा था। अजर ने कभी पेंटिंग के बारे में कुछ भी नहीं सुन रखा था और न ही उसे इस तरह का कोई मौका मिला। फिर भी वह ऐसे सुन रहा था जैसे बहुत कुछ जानता है और किसी परीक्षा में बैठने की तैयारी के सिलसिले में इतनी लगन से सुन रहा हो। उसे सच में बातों में मज़ा आ रहा था या बातें कहने वाली की आवाज़ में, इसके बारे में तो कुछ कहा नहीं जा सकता। चूँकि आज दोनों बियर शेयर कर रहे थे जो जल्दी ही खत्म हो रही थी। बार-बार बैरे को ऑर्डर देने के लिए बुलाना पड़ रहा था।

''अब तो समझ में आया कि साथ बैठना किसे कहते हैं?'' कलिंदी ने पूछा।

''तुम समझ की बात कह रही हो, मुझे तो उसके आगे की चीज़ भी समझ आ गई है।'' अजर बोला।

''आगे की मतलब?'' बात को कलिंदी ठीक से नहीं समझी थी।

''साथ बैठना मतलब समय के एक दौर को पूरा जी लेना। उसे अपनी आँखों से ऐसे देखना जिसमें हर पल आपको छूकर जा रहा हो। जब घड़ी दीवार पर नहीं दिल पर टँग जाती है। हर सैकंड का हिसाब देने लगती है। ऐसा लगने लगता है कि जीवन सच में इसी तरह का होता है, उसे चाहे कहीं भी जिया जाए। इंसान के इरादों को पंख लगने लगते हैं। हर चीज़ का एक मतलब समझ में आने लगता है। ऐसा मतलब जैसा पहले नहीं समझता है वह।''

''फ़ोर एक्ज़ामपल!'' कलिंदी ने बीच में ही रोका।

अपनी बात को बीच में ही रोकने पर गुस्से से आग बबूला होने वाला अजर इस वक्त बिलकुल शांत था। उसका गुस्सा कहीं गायब हो गया था। इसलिए नहीं कि उसे यह डर था कि गुस्से से कलिंदी नाराज़ हो जाएगी बल्कि वह जानता था कि बात को बीच में रोकने का इस समय मतलब यह है कि रोकने वाले को उसने अनजाने में ही ऐसा राइट दे दिया है। यह भी तो उसको मालूम था कि रोकने वाला मज़ाक बनाने के लक्ष्य से या टाइम पास करने के लक्ष्य से न रोककर उस बात की गहराई तक जाना चाहता है। वह साझेदार है उस कथा का। कोई पात्र भी हो सकता है। लेकिन उसे अचानक कोई एक्ज़ामपल याद नहीं आ रहा था। दिमाग में ऐसा कोई चित्र आ नहीं रहा था जो सामने बैठी चित्रकार को दिखा सके। वह एकटक कलिंदी को देखने लगा।

इससे पहले उसने कलिंदी को इतनी ठहरी नज़र से देखा नहीं था। बाल छोटे, घुँघराले और एकदम काले। माथा बिलकुल बर्फ़ के पहाड़ की तरह चमकता हुआ। गालों पर हल्की मुस्कान ने नाक थोड़ा उठा दिया था लेकिन होंठों के खिलने से नाक अपनी मौलिकता नहीं खो रहा था। ठोड़ी बड़ी ही सुगढ़ थी जिसके दायें और बायें दोनों तरफ़ दो तिल थे। वह तो ठोड़ी पर एक तिल वाली लड़की को ही डूबकर देखा करता था, यहाँ तो दोनों तरफ़ तिल थे जिनकी साइज़ भी लगभग बराबर थी। कभी दायें वाला थोड़ा बड़ा लगता तो कभी बायें वाला।

कलिंदी को मालूम था कि बंदा उसे देख रहा है लेकिन वह इसकी इजाज़त दे चुकी थी। उसने बहाना बनाने के लिए कि बंदी को इसका पता नहीं या बंदा शरमा न जाए, यह सोचकर उसी कुतुबमीनार के सिर पर नज़रें गड़ा दीं। काफ़ी देर तक चेहरे का मुआयना करने के बाद अजर की नज़र

अब उसकी गर्दन पर आई जो एक तरफ़ मुड़ी होने के कारण स्कॉच की बोतल जैसी लग रही थी। फिर सीने की बारी आयी जो अपनी पूरी कसावट में तना हुआ था। काले रंग की टीशर्ट में झलकते हल्के साँवले रंग के बाजू और वहीं काख के ताज़ा कटे बालों के बाद हाथों को देखा जा सकता है जिसमें किसी प्रकार के श्रृंगार का अभाव बताता है कि लड़की आधुनिक भी है और सहज-सरल भी।

ऐसा नहीं है कि जब अजर उसे निरख रहा था तब वह केवल कुतुबमीनार की तरफ़ देख रही थी और उसकी कल्पना में कुछ भी नहीं था। कलिंदी की कल्पना में भी अजर का चेहरा घूम रहा था और उसका गंभीर और मज़ाक का संतुलन बनाने का अंदाज़ तो उसे इतना भाया कि बयान ही नहीं किया जा सकता है। ज़रूरत के बिना एक शब्द भी ज़ाया करना इस दौर में बहुत कम लोगों में देखने को मिलता है।

''लगता है तुम्हें कोई एक्ज़ामपल नहीं मिला। मैं बताती हूँ। जैसे कि रेगिस्तान का समंदर से मिलन। जैसे कि धूप में बरसात का होना। जैसे कि पेड़ का ज़मीन से रिश्ता। ऐसे ही उदाहरण तलाश रहे थे ना!'' कलिंदी ने पूछा।

''हाँ। बिलकुल ऐसे ही। तुमने तो ऐसा समझा जैसा मैं खुद भी नहीं समझ पाया। अच्छा एक बात बताओ ?'' थोड़ा संकोच में था अजर।

''पूछो।'' बड़ी सहजता से जवाब दिया कलिंदी ने।

''तुमने प्रेम किया है कभी।''

''हाँ। मैं तो बिना प्रेम के एक पल भी नहीं रह सकती हूँ।''

''प्रेम में ज़िन्दगी कैसी लगती है ?''

''कभी आग की भट्टी की तरह तो कभी दरिया की तरह।''

''मैं ठीक से समझा नहीं!''

''कभी उलझनों का जाल लगता है प्रेम तो कभी सुलझा हुआ एक सरल धागा जिसका एक किनारा पकड़कर आसमान में उड़ा जा सकता है तो समंदर में तैरा जा सकता है।''

''तुम हमेशा प्रेम में रहती हो ?''

''हाँ।''

‘‘इस वक्त भी हो।’’

‘‘बिलकुल। और अगले सवाल का जवाब पहले ही सुन लो कि इस वक्त तुम्हारे प्रेम में हूँ।’’

अजर को यह तो अंदेशा ही नहीं था कि कलिंदी इस तरह से और इतनी आसानी और सरलता से प्रपोज़ कर देगी। बंदे को कुछ समझ ही नहीं आ रहा था कि क्या जवाब दिया जाए। अभी तक तो वह कई प्लान बना रहा था जिसमें उसे प्रपोज़ करने में ही कई महीने लगने थे और सामने से उसके जवाब के इंतज़ार में कितना समय लग जाए, यह तो अनिश्चित था। कई बार एक छोटे-से जवाब से इंसान सालों का फ़ासला नाप लेता है। बिछड़न में तो एक जवाब पूरे भविष्य के समय को चकनाचूर कर देता है।

कलिंदी ने इतनी लम्बी यादों की नदी से बाहर आकर नीचे झाँका तो याद आया कि संडे का दिन है और कपड़े प्रेस के लिए देना ही भूल गई। उसने फ़ोन ऑन किया और धोबी को कपड़े ले जाने के लिए कह दिया। सोचा कि जब तक धोबी आए तब तक एक ब्लैक टी पी ली जाए। किचन में चाय बनाते वक्त भी उसे याद आ रहा था कि कितनी ही बार अजर ने किचन में किस किया था। उसे पीछे से आकर बाँहों में भरकर किस करने का बड़ा शौक है। कई बार तो बैडरूम से उसे किस करने के लिए किचन में ले आता था। शायद इसलिए कि किचन लेडीज़ के लिए ऐसा स्पेस होता है जहाँ पर उनका अधिकार होता है। अपने राइट की वजह से यहाँ वे उन्मुक्त भी रहती हैं और अजर इस तरह की उन्मुक्तता को बेहद पसंद करता है। ब्लैक टी तैयार हुई इतने में धोबी आ गया। अक्सर तो वह उसके साथ खूब गप्पें हाँकती थी। गली-मोहल्ले से लेकर देश की सियासत तक के सारे हाल उससे पूछती थी जैसे कि उसे कोई खबर ही न हो।

ऐसा भी आज पहली बार हो रहा था कि कलिंदी ने धोबी को बिना चाय पिलाए जाने दिया। बाकी संडे को तो हमेशा चाय पिलाती थी और वह चार बार जाने को कहता तब उसे जाने देती। कभी अपनी पेंटिंग दिखाकर उससे राय लेती थी। पहले तो पहलू धोबी को यह सब बड़ा विचित्र लगता क्योंकि वह जिन घरों में कपड़े लाने या देने जाता वहाँ पर यहाँ से बिलकुल ही अलग व्यवहार होता। जैसे वह सिर्फ़ कोई कपड़े धोने और प्रेस करने की

मशीन है, उसके कोई घर-बार नहीं है और इंसान जैसे रिश्ते के लिए तरसता रहता था। अब वह नॉर्मल हो गया है। उसे पता है कि संडे को मैडम के साथ खूब बातें करनी हैं तो इस दौरान वह पूरी तैयारी भी कर लेता है। उसके अपने सवाल भी होते हैं और कुछ नए अनुभव। आते ही सबसे पहले वह कलिंदी के सामने अपने सवालों की पोटली खोलता। फिर उनके जवाबों से संतुष्ट न होने की स्थिति में खूब तर्क भी करता था।

आज कलिंदी ने पहलू को कपड़े पकड़ा दिये, किसी प्रकार की बात नहीं की। पहलू को यह बात विचित्र लगी। उसने पूछा कि मैडम कहीं तबीयत तो खराब नहीं है। कलिंदी ने बता दिया कि ऐसा कुछ नहीं है यार, आज बातें करने का मन नहीं है। अगले संडे कर लेंगे।

हाँ, कहानी में यह बात नहीं आई अभी तक कि कलिंदी करती क्या थी। वह एक कम्पनी में मैनेजर थी। तनख़्वाह भी अच्छी मिलती थी। बहुत काम भी नहीं था। ज़िन्दगी मेंटेन थी। किसी तरह की दिक्कत नहीं थी। वैसे ऑफ़िस में जाने का कोई दबाव नहीं था। घर में बैठकर भी काम किया जा सकता था। कम्पनी में काम ऑनलाइन सर्विस का होता है तो उसे कहीं से भी वॉच किया जा सकता है लेकिन वह नियमित ऑफ़िस जाती रही है। एक भी दिन ऐसा नहीं है कि घर बैठ गई। वैसे उसके लिए ऑफ़िस और घर में बहुत अन्तर भी नहीं है क्योंकि वह दोनों जगह अकेली ही रहती थी और इसकी उसे आदत हो गई थी।

चाय की चुस्की लेती हुई कलिंदी ने ख़्वाबों के सिलसिले को फिर शुरू किया। उन दो संडे को बार में मिलने के बाद तीसरी दफ़े से वे कलिंदी के घर में ही मिलते थे। अब बार में एकांत अनुभव नहीं करते। अजर वहीं पर सुबह कुछ बियर ले आता और दोनों दिनभर पीते रहते। खाते रहते। सेक्स करते रहते। वे सब कुछ मन भरकर करते थे। वे सुबह चार बजे उठते थे। फ्रेश होकर एक बेहतरीन हेल्दी सेक्स करते थे। सुबह के ताज़े जिस्म में जो खून की रवानी होती है वह सेक्स को उच्चतम आनंद तक पहुँचा देती है। एक ऐसा आनंद जो रात के सोते वक्त किये जाने वाले दिन के थके-हारे जिस्म के सेक्स से अलहदा होता है। रात के सेक्स में चूर होकर जिस्म को निढाल हो जाना होता है जिसके बाद नींद इंसान को अपने आगोश में ले लेती है। नींद

की खुमारी के बाद वह मज़ा भुला दिया जाता है। सवेरे के सूरज के साथ जो सेक्स किया जाता है उसका मज़ा दिनभर बरकरार रहता है। बरसात के बाद खूब उमड़ी-घुमड़ी नदी जब शांत होकर बहने लगती है तो वह धीमा संगीत निकालती है। वैसे ही जिस्म के तारों को सुबह ठीक से झंकार दिया जाए तो दिन में हर पल किसी एक तार से ध्वनि महसूस होती रहती है।

अजर कलिंदी के घर ही रहने लगा था लिव इन में। अजर कुछ करता नहीं था। अपनी गिटार लिए सिंगिंग की प्रेक्टिस करता रहता था। उस समय तक कलिंदी के घरवालों का उसके यहाँ आना-जाना नहीं हुआ था। वे अभी भी उससे नाराज़ थे। बाप तो उसका मुँह देखना तक पसंद नहीं करता था। लेकिन माँ और कज़िन्स से फ़ोन पर बातें होती रहती थीं। इन दोनों की लिव इन लाइफ़ बड़ी मज़ेदार चल रही थी। इस शानदार दौर में भी कलिंदी ने कभी ऑफ़िस के काम को घर से करने का सुविधाजनक रास्ता नहीं चुना था। वह हमेशा अपने काम और प्रेम को अलग-अलग रखती थी। तयशुदा समय से एक मिनट भी देरी नहीं करती थी।

हर दिन का काम बिलकुल साफ़ बँटा हुआ था। सुबह के सेक्स के बाद दोनों तीन-तीन अण्डे और आधा किलो दूध पीते थे। दूध गर्म करने और अण्डे उबालने का काम अजर का था। इसी के साथ वह थोड़ा सरसों का तेल भी गर्म कर लेता था। उसके बाद वे एक-दूसरे के जिस्म पर सरसों के तेल से मालिश करते थे। ऐसी मालिश करते कि उसके बाद जिस्म फूल जितना हल्का महसूस करता था, ज़रा से हवा के झोंके से उड़-उड़ जाए रे तन-मन। यह ताज़गी तन की ही नहीं मन की भी होती थी। उसके बाद पार्क में दौड़ने के लिए जाना तय था। दो प्रेमियों का साथ दौड़ना इतना प्यारा होता है कि पार्क के हर इंसान की नज़र उन पर ज़रूर पड़ती है। उनके दौड़ने का अंदाज़ भी बड़ा प्यारा था। पैरों की लय इतनी जमी हुई थी कि दोनों के कदम एक साथ उठते थे। पार्क में घूमने वाले कुछ लोगों का तो कहना यह था कि इन लड़के-लड़की के पैर ही नहीं, साँसें भी एक-साथ चलती हैं। एक ही जिस्म के जैसे चार पैर हों।

घूमने के बाद वापस आकर अजर कुछ समय तक अपनी सिंगिंग की प्रेक्टिस करने लगता। उसी समय कलिंदी भी ब्रश लेकर कैनवास पर कुछ

उकेरने लगती। रियाज़ की धुन पर उसका ब्रश जैसे डांस कर रहा था। उनकी भी आपस में लय मिलती थी। उनके हर काम में ऐसे लयात्मक संबंध होते थे कि आप उन कामों के संबंधों से उनके बीच के रिश्ते की गहराई का अंदाज़ लगा सकते हैं। कलिंदी जब तक ऑफ़िस के लिए तैयार होती तब तक अजर खाना बनाकर उसके लिए टिफ़िन तैयार कर देता। फिर दोनों साथ सुबह का खाना लेते। कुछ फल, कम मसाले की दाल-सब्ज़ी और तीन-तीन चपाती।

कलिंदी जब ऑफ़िस के लिए निकलती उससे पहले वे दोनों एक शानदार किस करते जो लगभग अर्द्धसेक्स जितना मज़ा देता था। उसके बाद अजर बच्चे को स्कूल के लिए भेजने की तरह उसे नीचे तक गाड़ी में बैठाने आता, टिफ़िन उसके सुपुर्द करता और हल्की-सी मुस्कान के साथ उसे विदा करता। ऑफ़िस जाने के बाद कलिंदी ने कभी अजर को फ़ोन करके यह नहीं बताया कि वह आराम से पहुँच गई है, तुम क्या कर रहे हो या तुम्हारी याद आ रही है। ऐसी बातें उनके बीच में फ़ोन पर होती ही नहीं थीं, कोई बहुत ज़रूरी काम होता था तभी वे फ़ोन पर बात करते थे। वे भी काम के अलावा नहीं। जब वह देखती कि उसके ऑफ़िस में लड़के-लड़कियाँ फ़ोन पर लगे रहते थे और पल-पल की खबरें एक-दूसरे को दिया करते थे तो उसे अजीब लगता था। कुछ तो ऐसे भी थे कि हर एक घंटे पर लवर को उसकी याद सताने की बात करते और प्रेम का इज़हार करते थे।

इन दोनों का यह मानना था कि यह प्रेम का दिखावा है। याद आती है तो सामने वाले को बताने की ज़रूरत नहीं होती बल्कि याद को ठीक से मन के गहरे कोने में सजाने की ज़रूरत होती है कि जब दुनिया न भी रहे तो याद रह जाए। उनके लिए तो प्रेम भी कोई जताने की चीज़ नहीं थी कि हमेशा ढोल पीटकर उसका प्रचार किया जाए। वे मानते थे कि प्रेम या तो होता है या नहीं होता है और जब होता है तो वह इंसानों के रोम-रोम में बस जाता है। जिस्म का हर अंग प्रेम के बारे में कह रहा होता है तो ज़बान को तकलीफ़ क्यों दी जाए। वैसे भी प्रेम कम-से-कम तकलीफ़ देने का नाम है।

जब कलिंदी अपने ऑफ़िस के कामों में व्यस्त होती तो घर पर अजर साफ़-सफ़ाई का काम पूरा करता पहले तो। फिर कोई अच्छी-सी बुक पढ़ता। हमेशा बुक पढ़ना उसे सिंगिंग के बाद सबसे प्रिय लगता था। उसकी बुक्स

की पसंद भी सामान्य ही थी। वह नॉवेल और अफ़साने पढ़ा करता था। कई बार उसके सामने यह सवाल आया कि एक सिंगर का नॉवेल पढ़ने से क्या ताल्लुक? वह इस सवाल का जवाब खुद को यह दिया करता था कि संगीत सिर्फ़ और सिर्फ़ जीवन में मिलता है। इंसानों और प्रकृति के जीवन में। इसके अलावा संगीत का कोई बसेरा नहीं है। तब एक संगीतकार को जीवन को बहुत गहराई से जानने-समझने की ज़रूरत होती है। अपने जीवन को समझने भर से काम नहीं चलता है, उसे दुनिया के हर इंसान के जीवन के संगीत और हर जगह की प्रकृति की ताल को समझना होता है। उसे हज़ार बार उनके साथ रोना होता है तो लाखों बार हँसना होता है। उसे सबसे खूँखार जानवर से भी उतनी ही मोहब्बत करनी होती है जितनी एक सीधे और पालतू जानवर से की जाती है। ये सब वह तभी कर सकता है जब बुक्स पढ़े। उसके अलावा इतनी बड़ी दुनिया को जानने का ज़रिया दूसरा नहीं है। कुछ फ़िल्में भी मदद करती हैं लेकिन उनमें अतिकल्पनाशीलता के कारण यथार्थ का अभाव हो जाता है। वैसे भी वह फ़िल्म हमेशा कलिंदी के साथ ही देखता था, अकेले में कभी फ़िल्म नहीं देखी।

अजर के जीवन में इससे पहले कोई लड़की नहीं थी। लड़की ही क्या उसने तो वास्तव में प्रेम भी नहीं देखा था क्योंकि परिवार तो कम उम्र में ही मार दिया गया था, दोस्त कोई था नहीं। उसने दोस्त इसलिए नहीं बनाए क्योंकि उसे हमेशा यह डर सताता रहता कि हरनाम सिंह एक दिन उसका कत्ल कर देगा और ऐसी स्थिति में किसी पर विश्वास कैसे किया जा सकता है। दुनिया में एकदम से अविश्वास करने वाले इस बंदे को मालूम ही नहीं चला कि वह कलिंदी पर इतना अधिक विश्वास कब और कैसे करने लगा। इस विश्वास ने उसे एक नई ताकत दी जीने के लिए, पहले कमाकर रोज़ बार में खर्च कर देना ही एकमात्र मकसद था लेकिन अब स्थिति अलग हो गई। उसे याद ही नहीं आता कि अंतिम समय बार में कलिंदी के बिना कभी अकेला गया है। अकेले में वह जब इस खुशी को महसूस करता है तो झूम उठता है।

महानगर में आस-पड़ोस में किसी से बात करना तो दूर, परिचय तक नहीं है। वह सिर्फ़ शाम के वक्त खरीददारी करने के लिए बाज़ार जाता है। सारी चीज़ें तय हैं जो उसे लानी हैं। बैडरूम के सामने की दराज में पैसे रहते

हैं, उन्हें जेब में डालो और एक बड़ा थैला लेकर निकल जाओ बाज़ार। बहुत दूर भी नहीं जाना होता उसे। अपने घर से करीब आधा किलोमीटर चला कि वहाँ पर एक बड़ा मॉल है जिसमें सारी चीज़ें मिल जाती हैं। बस, एक शराब होती है जिसे आते वक्त रास्ते के ठेके से लेता है। यह अमूमन तीन बजे का समय होता है। इस समय बाज़ार की गति बहुत धीमी होती है। कम लोग ही सड़कों पर दिखते हैं। मॉल में भीड़ कम रहती है। इसे ही एक सिंगर के लिए खरीददारी करने का सबसे अच्छा समय मानता है वह। एक पान ज़रूर खाता है। हरी सब्ज़ियाँ और फल लेने होते हैं। बाकी का सामान तो कलिंदी गाड़ी में एक साथ ही लेकर आ जाती है।

घर आकर अजर एक ब्लैक टी बनाता है और साथ में कुछ स्नैक्स लेता है। इसी दौरान सब्ज़ी भी काटकर रख देता है। पाँच बजे तो कलिंदी ऑफ़िस से लौट ही आती है। कुछ देर वह आराम करती है। फिर वह सजा देती है पीने की टेबल। सर्दी में रम और गर्मी में बियर दो ही स्वाद उनकी ज़बान को पसंद आते है। कई बार महँगी शराब पीकर भी देखी लेकिन वह मज़ा नहीं आया। उन्हें भाप निकलने वाली शराब ही रास आती है। बियर में ठंडी भाप निकलती है और रम वे गर्म पानी के साथ पीते हैं तो गर्म भाप निकलना लाज़िमी है। धीमी आवाज़ में म्युज़िक चला दिया जाता है और अँधेरा होने पर रोशनी के तौर पर एक कोने में दीपक जलाते हैं। हल्की रोशनी में दोनों के चेहरे एक जैसे दिखाई देते हैं। कुछ देर तो खामोशी रहती है और अमूमन चलने वाले मेहदी हसन या गुलाम अली की गज़ल के साथ गुनगुनाने लगते हैं। यह गज़ल उन्हें प्रिय है, 'दोनों जहाँ तेरी मोहब्बत में हार के। यह कौन जा रहा है, शब-ए-ग़म गुजार के।'

वे जीती हुई मोहब्बत में हारी हुई मोहब्बत के गाने क्यों सुनते होंगे। वे खुशी में उदासी के संगीत को सुनने के कौन से कारण रखते होंगे? एक डर जो हर कामयाब रिश्ते के पीछे उसे खोने का होता है। कितने ही अधिकार के साथ आपकी दोस्ती या प्रेम हो, जब वह इंसान के जीवन का हिस्सा बन जाती है तो उसके न होने की कल्पना उसे हमेशा डराती रहती है। यह ऐसी कल्पना है जो अपने आप के न होने के डर से प्रारंभ होती है, जो कि मृत्यु का डर है। फिर चहेतों के बिछड़ने का डर भी कम नहीं होता। यह डर इंसान की कल्पना

में हमेशा मौजूद रहता है और उसे डराता भी रहता है। ऐसी स्थिति में उदासी के गीत सुनकर वे भविष्य के दु:स्वप्न को जीने का अभ्यास कर रहे होते हैं। इंसान की कल्पना अतीत और भविष्य में ही रहती है। इनके बीच आने-जाने के दौरान वर्तमान का सच उसे आईना दिखाता रहता है। अगर किसी ने उस आईने की बात को मान लिया तो वह कुछ सँभल सकता है, जो नहीं मानते वे कल्पना लोक में जीते ही रहते हैं।

उन दिनों वे बार में जाना बंद कर चुके थे। उनके संडे बाहर घूमने में गुज़रते थे। वे गाड़ी लेकर निकल जाते थे। संडे का पूरा दिन बाहर मज़े करके अगले दिन वापस लौटते थे। उन्हें घूमने के लिए या तो रेगिस्तान या पहाड़ पसंद आता था। गर्मी के दिनों में पहाड़ की बारी होती और सर्दी में रेगिस्तान की।

एक बार वे दोनों रेगिस्तान में घूमने गए हुए थे। वहाँ पर एक कस्बे से दूर निकल गए टीलों में और कच्चा रास्ता था। हालाँकि उनके पास शराब और खाने का सामान पर्याप्त था। यह इंतज़ाम तो वे घर से ही करके चलते थे। कच्चे रास्ते में आगे कहाँ जाना है यह तो उन्हें मालूम ही नहीं था। दिल्ली होती तो गूगल चला लेते, यहाँ भी चलाया लेकिन कोई खास फ़ायदा नहीं हुआ। ये कच्चे रास्ते गूगल बाबा की पकड़ से बाहर के थे। आज जो रास्ता है वह कल की आँधी में भर जाएगा। अब क्या करें? एक ही उपाय था और वह यह था कि गाड़ी रोककर वहीं पर रात बिताई जाए।

वैसे उन्हें रेगिस्तान की रेत पर सेक्स का बड़ा मज़ा आता था और चाँदनी रात भी थी। गाड़ी बंद की और एक शानदार जिस्म की बाजी खेल मारी। इसमें हार किसी की होनी ही नहीं थी, जीत दोनों की तय थी। जिस्म की जीत के पसीने पर रेगिस्तान की मिट्टी के कण चिपक गए थे जिनमें से कुछ कण चाँदनी रात में चमक रहे थे। ऐसी प्यारी चमक कि जैसे जिस्म पर चाँदी जड़ी हुई हो। अब प्यास कायदे भर की लग चुकी थी। दोनों ने एक-एक लीटर पानी पीया। वैसे भी रेगिस्तान पानी ज़्यादा माँगता है और सेक्स के बाद तो पानी पीने का जो मज़ा है, वह अमृत पीने में भी नहीं है शायद। पसीने से बाहर सब कुछ गीला था और पानी ने अंदर से भिगो दिया। दोनों अब कुछ देर के लिए शांत हो गए थे। इतने में ही एक टॉर्च की रोशनी दिखाई

दी। गाड़ी की लाइटें तो बंद थीं। वे जल्दी उठे और कपड़े पहने। जिधर से रोशनी आ रही थी उधर नज़र गड़ाकर बैठ गए। रोशनी ज़ाहिर तौर पर किसी बंदे के साथ थी, अकेली तो चल नहीं सकती। वह बंदा इतना धीमा चल रहा था जैसे कि उसे जीवन में कहीं पहुँचना ही न हो।

रोशनी वाला बंदा जिस गति से आ रहा था, उस गति से कोई कहीं पहुँच भी नहीं सकता है। इन दोनों के पास इंतज़ार के अलावा कोई विकल्प नहीं था। जब इंतज़ार लम्बा होने लगा तो कलिंदी उठकर एक गिलास में दो पैग डाल लाई। दोनों आराम से चुस्की लेने लगे। अब इंतज़ार का वक्त कट भी जाएगा और सेक्स के बाद थके शरीर में कुछ हरारत भी आएगी। वह रोशनी आगे बढ़ ही रही थी, अब उसके गाने की आवाज़ भी सुनाई देने लगी। उस दिशा में कोई लोकल गीत गा रहा था और आवाज़ से मर्द मालूम हुआ। अब इन्हें यह तो विश्वास हो गया था कि रास्ता बताने वाला तो आ ही गया है। जहाँ काम न करे गूगल वहाँ काम करे राहगीर। इसी विश्वास से वे अपने पीने और खाने में लग गए।

करीब चालीस मिनट के बाद एक हट्टा-कट्टा नौजवान सामने आया जिसके सर पर पगड़ी थी। पैरों में राजस्थानी जूतियाँ थी और हाथ में एक सुन्दर-सी लाठी। दूसरे हाथ में एक पानी की कितली थी और उसे जिस तरह से उसने पकड़ रखा था उससे साफ़ ज़ाहिर होता था कि वह उसके पास सबसे कीमती चीज़ थी।

''यह रास्ता कहाँ जाएगा ?'' अजर ने पूछा।

''रास्ते कहीं नहीं जाते बाबूजी। लोगों को ही जाना पड़ता है। आप कहाँ जावो ?'' बंदा रेत पर बैठ गया और पानी वाली कितली पीछे रख ली।

''हम तो घूमने आए हैं, जाना तो कहीं नहीं है,'' अजर बोला।

''फिर आराम से घूमो। यहाँ कोई मना थोड़े ही कर रहा है। सारा रेगिस्तान खाली है,'' उसने सवाल के मुताबिक जवाब दे दिया।

''आप कहाँ जा रहे हो ?'' कलिंदी को लगा कि उसे बीच में बोलना होगा।

''जंगल में। आज पूर्णिमा है ना। भेड़िया आएगा तो उसका शिकार करेंगे,'' उस राहगीर ने उत्साह से जवाब दिया।

‘‘जंगल! रेगिस्तान में जंगल कहाँ से आएगा?’’ अजर ने आश्चर्य से पूछा।

‘‘चलो मेरे साथ दिखाता हूँ,’’ राहगीर खड़ा हो गया।

अजर और कलिंदी ने आपस में कुछ चर्चा की और अंत में तय हुआ कि राहगीर के साथ घूमने जाएँगे। उससे नाम पूछा तो बलबीर बताया। सब गाड़ी में बैठ गए। कलिंदी ने गाड़ी स्टार्ट करके चलाई तो कुछ देर बाद रेत में गाड़ी बहकने लगी। बलबीर ने कहा कि मैडम, आपसे यहाँ गाड़ी नहीं चलेगी। मुझे दो। मैं चलाता हूँ।

कलिंदी पीछे वाली सीट पर आ गई और बलबीर गाड़ी चलाने लगा। उसको रेगिस्तान में गाड़ी चलाने का अनुभव था। गाड़ी में ताकत की कमी नहीं थी। फर्राटे से चलने लगी। कुछ टीलों पर चढ़ने-उतरने के बाद आधा फ़ीट का घास दिखाई देने लगा। बलबीर बोला, ‘‘यह छोटा जंगल है। बड़ा आगे आएगा।’’

तब इन्हें समझ में आया कि इस आधा फ़ीट के घास को ही लोग जंगल कहते हैं। कुछ देर चलने के बाद करीब एक फ़ीट का घास दिखने लगा गाड़ी की लाइटों में तो वे समझ गए थे कि यह बड़ा जंगल है। सामने बहुत-सी भेड़ें बैठी थीं और उनके पास कुछ लोग आग ताप रहे थे। बलबीर उन्हीं में से था जो पानी लाने के लिए गया था। बलबीर ने उन दोनों को अपने साथियों से परिचित कराया। वे भी आग के पास बैठ गए। गड़रिये देशी शराब पी रहे थे। इन्हें भी ऑफ़र की तो ये भी पीने लगे। कुछ देर में गड़रियों की शराब खत्म हो गई तो अजर गाड़ी से निकाल लाया। नशा खूब हो गया था। उनके पास एक बड़ी-सी परात थी जिसे बजाकर नाचने लगे। चाँदनी रात में भेड़ें बैठी थीं जो ऐसी लग रही थीं जैसे कि रेगिस्तान पर बर्फ़ गिरी हो। कलिंदी और अजर भी नाच रहे थे। गड़रियों के लिए ये दोनों परदेशी थे और उनके मेहमान थे। मेहमान आने से वे बड़े खुश हुए।

रात में हल्की नमी आ चुकी थी। आग लगातार जारी थी। शराब की कमी नहीं थी। लेकिन जिस शिकार का इंतज़ार था वह नहीं आ रहा था। हमेशा चाँदनी रात में आता है। गड़रिये उदास होने लगे क्योंकि मेहमान आए थे और भोजन नहीं करायेंगे तो उन्हें बुरा लगेगा। वैसे उन्होंने भेड़ों का दूध निकाल रखा था। थोड़ा इन्हें पिलाया भी लेकिन मेहमानों को पसंद नहीं आया

क्योंकि यह दूध नमकीन-से स्वाद का था और उन पेड़ों की भी सुगंध आ रही थी जो भेड़ें खाती हैं। इतने में दो गड़रियों ने आवाज़ दी, ''आया। आया।''

सारे उसी तरफ़ भागे कुल्हाड़ी लेकर। कुछ ही देर में वे एक भेड़िये को मार लाये थे। आग के पास लाकर उसके पेट को चीरा गया। फिर उसमें मसाले भरे गए। बगल में एक लकड़ियों की चिता जैसी बनाई हुई थी। भेड़िये को उस पर रखकर आग जला दी गई। फिर शराब का दूसरा दौर हुआ और इस बार शिकार करने की खुशी में डांस इतनी तेज़ी से करने लगे कि धूल उड़ने लगी। खूब मस्ती के बाद खाना पककर तैयार हुआ। ईंधन पूरा जलकर राख हो गया था और भेड़िया मसाले के साथ बोटी-बोटी खिल चुका था। पके हुए गोश्त की खुशबू पूरे माहौल में फैल चुकी थी। आग पर मोटी-मोटी रोटियाँ सेंकी। फिर जिस परात को बजा रहे थे, उसमें सारे लोगों को परोसा गया। पहले मेहमानों को आमंत्रित किया गया। उनके खाने के बाद गड़रियों ने खाया। इतने में उजाला होने का समय हो गया था। सूरज की किरणें अपनी आहट की खबर दे रही थीं। कलिंदी और अजर ने उनको धन्यवाद दिया और रवानगी ली।

ऐसे ही शानदार संडे मनाने के चक्कर में वे एक बार पहाड़ों में लकड़ी माफ़ियाओं के चक्कर में फँस गए थे। वे रात को नदी किनारे घूमने जा रहे थे और उधर माफ़िया के लोग लकड़ी काट रहे थे। गाड़ी की लाइटें देखकर उन्हें लगा कि कोई वन विभाग का अधिकारी आ गया है। उन्होंने बहुत-सी लकड़ियाँ डर के मारे घाटी की ढलान में लुढ़का दीं। कुल्हाड़ियों को पेड़ों के पीछे छुपा दिया था। जब गाड़ी नज़दीक आई तो उन्हें लगा कि ये बंदे तो वन विभाग के नहीं हैं। अफ़सर अगर सिविल पोशाक में भी होता है तो उसके चेहरे से ही लोग पहचान लेते हैं। वे कुछ घमण्ड के कारण तो कुछ अतिगंभीरता के कारण विचित्र सूरत धारण कर लेते हैं। सारे लकड़ी काटने वाले गाड़ी के सामने आ गए और उसे रोक लिया। उन्होंने पूछा तो मालूम हुआ कि ये तो घूमने के लिए आए हैं। इस पर उन्हें ज्यादा गुस्सा आया कि यही रात का वक्त मिला था क्या घूमने के लिए। उनकी वजह से उन्होंने अपनी हज़ारों रुपयों की लड़कियाँ घाटी में डाल दीं।

लकड़ी माफ़िया के लोगों ने इनसे पैसे की माँग की। अब क्या करें?

अगर पैसे नहीं दें तो इस रात को अकेले में उनके साथ कुछ भी दुर्घटना हो सकती थी। नाजायज़ पैसे दिये भी कैसे जाएँ। गाड़ी के आगे उन लोगों ने पत्थर डाल दिए। कलिंदी को अपने एक दोस्त की याद आई जो इस इलाके में पुलिस अधिकारी था। फ़ोन करने की स्थिति में तो थी नहीं। चुपके से मैसेज किया। अपनी लोकेशन भेज दी। कलिंदी ने इन लकड़ी माफ़िया के लोगों को बातों में उलझाये रखा। उन्हें यह विश्वास था कि इस रात को इन अकेले लोगों की मदद करने कौन आने वाला है। दिखने में अमीर लग ही रहे हैं। सारी लकड़ियों के पैसे वसूल कर लेंगे। इतने में घाटी के नीचे से गाड़ी की लाइट दिखाई दी। चंद ही पलों में पुलिस मौजूद थी। कलिंदी और अजर को सुरक्षित उनके होटल में पहुँचाया और उन लोगों को हिरासत में लिया।

इन सुनहरी यादों के बीच कलिंदी ने चार घंटे बिता दिए थे। अब अँधेरा होने लगा था। वह उठी और कुर्सी बालकनी से उठाकर अंदर के कमरे में ले गई। अब यह कमरा, किचन और यहाँ तक कि नीचे की गली भी खाने को दौड़ती थी। हर जगह पर उसे अजर का चेहरा दिखाई देता है। कुछ हादसे ऐसे होते हैं जिसे इंसान न भूल सकता है न याद करने का मन करता है। दिल में छुरी जैसे चलती है उनकी याद आने से। लोग कहते हैं कि वे दिन कभी लौटकर नहीं आ सकते कलिंदी की ज़िन्दगी में और वह कहती है कि वे दिन फिर आएँगे। प्रेम में ऐसा तो होता है कि प्रेमी-प्रेमिका के बीच ब्रेकअप हो जाए। कुछ बातों को लेकर अनबन हो जाए। ऐसा भी हो सकता है कि उनमें किसी एक की घर के दबाव में शादी हो जाए। यहाँ तक भी संभव है कि कोई एक मर जाए तो दूसरा अकेला हो जाए। लेकिन ऐसा तो बहुत कम होता है कि दोनों ज़िन्दा रहें। उतनी ही एक-दूसरे से मोहब्बत करें लेकिन मिल नहीं पाएँ। साथ नहीं रह पाएँ।

इन दोनों के साथ भी ऐसा ही हुआ। कलिंदी फिर उन दिनों की यादों में खो जाती है। घर पर माँ और भाई-बहनों से बात होने लगी थी। शायद इसका पता हरनाम सिंह को भी था लेकिन उसकी कसम थी कि वह जीवन में इस लड़की का मुँह भी नहीं देखेगा। वह सिर्फ़ एक ही धुन में रहता था कि अजर दुनिया में कहीं मिल जाए तो उसे मार दे ताकि उसका वादा पूरा हो जाए।

एक दिन कलिंदी ने अजर को बता दिया कि वह वही लड़की है जो

उसके दादा के दोस्त के पोते के साथ भागी थी। यह सुनकर अजर को धक्का- सा लगा। उसका खून थम गया। इस बात की तो उसने कल्पना ही नहीं की थी कि कलिंदी का वास्ता उस खानदान से होगा जिसने उसके जीवन को बरबाद कर दिया है। सब लोगों की हत्या कर दी थी। वह हर रात और हर दिन जिसके डर के कारण ठीक से जी नहीं पा रहा था। अगर उसे इस बात का पहले पता होता तो निश्चित ही प्रेम करने की बात तो दूर, वह उससे बात भी नहीं करता। शहर छोड़कर भाग जाता या शहर के किसी दूसरे कोने में रहने लगता क्योंकि उस परिवार से किसी का कैसा भी वास्ता हो, उसे मृत्यु तक पहुँचा सकता था।

इस बात की जब उसे खबर हुई तो वह अंदर तक डर चुका था। एक तरफ़ उसका प्रेम था और दूसरी तरफ़ ज़िन्दगी। हालाँकि कलिंदी को लेकर उसके मन में किसी प्रकार की कोई शंका नहीं थी। वह यह भी जानता था कि कलिंदी उसके लिए जान दे सकती है। लेकिन मौत के मुँह के पास कब तक रहे। किसी दिन यह बात उसके बाप को मालूम होनी ही थी और उसके बाद अजर का ज़िन्दा रहना मुश्किल था। इतने दिनों बाद कलिंदी ने अजर का चेहरा उदास और सियासत लुटे बादशाह की तरह देखा। वह इस चेहरे को सहन नहीं कर पा रही थी क्योंकि हमेशा ही गंभीर सही लेकिन खुश अजर देखा था कलिंदी ने। वह कर भी क्या सकती थी। खुद उलझन में थी। एक तरफ़ प्रेम और दूसरी तरफ़ भी प्रेम ही। साथ रहे तो बाप के मारने का डर, दूर रहे तो जिये कैसे। यह वैसी ही बात हो गई थी कि एक तरफ़ कुआँ और दूसरी तरफ़ खाई। साँस ले तो ज़हरीली हवा से मरे और न ले तो दम घुटकर मरे। क्या करे इंसान आखिर।

यह सोचने के बाद भी उन्हें विश्वास था कि वे कोई रास्ता निकाल ही लेंगे। कलिंदी उसे विश्वास दिला रही थी कि उसका बाप किसी भी सूरत में उस घर में आने वाला नहीं है और उसे पता भी नहीं चलेगा। कुछ दिन बाद घर बदल लेंगे और भाई-बहनों को बुलाना भी बंद कर देंगे। इस प्रकार से पूरी तरह सुरक्षित हो जाएँगे। अजर इस बात को मान भी रहा था लेकिन वह रात उसे याद आती है जब उसके परिवार के चार जनों को काटा गया था। जब वह चारपाई के नीचे दुबका हुआ था और ऊपर तलवार से हरनाम सिंह ने उसकी माँ के टुकड़े-टुकड़े कर दिए थे। उसका खून अजर पर गिरा था।

उस दर्द को सिर्फ़ मौत ही भुला सकती थी। कुछ हादसे ऐसे होते हैं कि कोई भी प्रेम उस स्थान को नहीं भर पाता है। वह हमेशा ही खाली रहता है और वक्त-बे-वक्त टीस देता रहता है।

वे इस उलझन से निकलने की कोशिश ही कर रहे थे कि घर में एक दिन उसके छोटे भाई ने हरनाम सिंह को कलिंदी और अजर की फ़ोटो दिखा दी। यूँ तो हरनाम सिंह ने अजर को कोई बीस बरस पहले देखा था, चेहरा याद नहीं था। लेकिन नाक-नक्श से दुश्मन की औलाद को पहचानने में कौन-सा वक्त लगता है और वैसे भी यह तो उसका आख़िरी टारगेट था। हाँ, अजर के परिवार के कत्ल में वह दस साल की जेल काटकर भी आ चुका था लेकिन इरादा अभी भी वही था। उसकी आँखों में वही दुश्मनी की आग जल रही थी।

कलिंदी और अजर इसी दुविधा से निकलने का रास्ता निकाल रहे थे। इस घटना के बाद उस घर में सन्नाटा छा गया है जिसमें हर पल खुशियाँ महकती थीं। इतनी खुशियाँ कि समेटने वाले की बाँहें भर जाएँ। अचानक पूरी रौनक ही गायब हो गई। शराब वे दोनों अब भी पी रहे थे बल्कि पहले की तुलना में ज़्यादा पी रहे थे लेकिन संगीत नहीं बजता था। डांस होने का तो सवाल ही नहीं उठता। सेक्स भी अब लगभग बंद सा हो गया था। रसोई में बर्तन बिना धोये पड़े रहते थे। कलिंदी ऑफ़िस का काम घर से ही कर रही थी। खाने की स्थिति यह थी कि जितना उस समय एक जना खाता था, उतना अब दोनों मिलकर भी नहीं खा रहे थे। जीने के लिए शराब और कुछ मन मारकर खा लिया तो उससे कौन-सी सेहत बनने वाली थी।

उस रात भी वे गुमसुम उसी समस्या से निजात पाने के लिए दिमाग को खर्च करते हुए थककर नींद के आगोश में आए ही थे। लाइट बंद कर दी थी। अचानक दरवाज़े पर दस्तक हुई। अब इन दोनों की नींद में एक भय तो था ही। अजर के दिमाग में तो जो हमेशा से स्थायी भय था वह आजकल अधिक सताने लग गया था। वह तुरंत उठा और लाइट जलाई। कलिंदी भी जाग चुकी थी। दोनों की नज़रें मिलीं लेकिन शब्द नहीं फूट पाए ज़बान से। चुपचाप चंद पलों तक एक-दूसरे को निहारते रहे। उन दोनों को अहसास हो गया था कि ख़तरा आ चुका है। उधर दरवाज़े पर दस्तकें बढ़ रही थीं। कलिंदी ने आवाज़ दी, ''कौन है?''

लेकिन सामने से कोई जवाब नहीं आया। इससे साफ़ ज़ाहिर हो गया था कि हरनाम सिंह के अलावा कोई नहीं है। कलिंदी ने जल्दी से अपने पाजामे निकाले। उन्हें जोड़कर एक लम्बी-सी रस्सी बनाई। घर में और रस्सी रखने का तो सवाल ही पैदा नहीं होता था। फिर तेज़ी से उसे बालकनी से बाँधकर पीछे से अजर को भागने का इशारा किया। अजर आज दूसरी बार उसी इंसान के हाथों मौत से बचकर भाग रहा था। पहले परिवार खोया और अब प्रेम खो रहा था। जाते वक्त उसने एक बार कलिंदी को बाँहों में भरकर चूमा। फिर तेज़ी से उन पाजामों से बनी रस्सी के सहारे पीछे उतरकर भाग गया। इधर दरवाज़ा न खुलते देखकर हरनाम सिंह ने गोली चलाई तो दरवाज़े की कुंडी दूर जाकर गिरी। धमाके से पूरी बिल्डिंग दहल गई। लेकिन किसी पड़ौसी ने बाहर आकर यह भी पूछने की हिम्मत नहीं की कि क्या हुआ।

हरनाम सिंह ने अंदर दाखिल होते ही कमरे पर बंदूक तानी। वहाँ पर कलिंदी सो रही थी। बाथरूम में देखा तो खाली था। गुस्से में लगभग चिल्लाते हुए बोला, ''कहाँ है वह? मैं उसे ज़िन्दा नहीं छोड़ूँगा।''

''कौन?'' कलिंदी ने नींद से जागने का बहाना करते हुए कहा जैसे कि उसे कुछ मालूम ही नहीं हो।

''तेरा खसम। मेरा दुश्मन। पहले दुश्मन के दोस्त के पोते के साथ भागकर मेरी नाक कटाई थी और अब तो दुश्मन के साथ ही। बेटी नहीं होती तो खोपड़ी उड़ा देता,'' हरनाम सिंह गुस्से से काँप रहा था।

''मुझे कुछ समझ में नहीं आ रहा है? आप बैठिए। मैं पानी लाती हूँ,'' वह पानी लाने चली गई।

इतने में हरनाम सिंह की नज़र बालकनी पर पड़ी तो वह उधर दौड़कर गया। देखा नीचे पाजामों की रस्सी लटकी हुई थी तो सारा माजरा समझ में आ गया। पीछे मुड़ा और यह कहते हुए चला गया, ''आज तो बच गया लेकिन वह ज़िन्दा नहीं बचेगा। कब तक बचाओगी उसे। दुनिया की कोई ताकत नहीं बचा सकती। उसे मेरे हाथ से मरना है।''

कलिंदी पानी का गिलास लिए बुत बनी सुनती रही। उसे लगा कि अगले दिन अजर आ जाएगा। नहीं आया। कुछ दिन बाद आ जाएगा। फिर

भी नहीं आया। लोगों ने कहा कि वह नहीं आएगा। वह नहीं मानी। आज सात साल हो गए हैं और हर रोज़ वह इंतज़ार करती है कि दरवाज़े पर दस्तक हो और इस बार उसका बाप बंदूक लिए न हो, अजर हाथ में बियर लिए हुए हो लेकिन ऐसा नहीं हुआ। वह कई बार उस बार में भी जाकर इंतज़ार कर चुकी है। वहाँ के लोगों से भी पूछा तो उन्होंने कहा कि आपके बाद तो वे आए ही नहीं। वह कई बार घर बदलने का मन भी बना चुकी थी लेकिन उसे लगा कि कहीं अजर आएगा तो वह नए घर में कैसे पहुँचेगा। सब कहते हैं कि वह नहीं आएगा। कलिंदी कहती है कि आएगा। आप क्या कहते हैं?

राष्ट्रवाद, विश्वविद्यालय और टैंक

‘‘हमारी बात की खिलाफ़त करने वालों का मुँह बंद कर दो।’’

‘‘जनरल, सारी ताकत इसी पर लगा रखी है। जल्द ही हो जाएगा।’’

‘‘तुम समझ गए होगे कि मुझे कैसा मुल्क चाहिए।’’

‘‘जनरल, आपको ऐसा मुल्क चाहिए जिसमें सिर्फ़ सहमति के हाथों की फ़सल लहराये।’’

‘‘सिर्फ़ इतना ही समझे?’’

‘‘नहीं जनरल, यह भी समझ गया कि सवाल करने वालों को देश निकाला दे दिया जाए।’’

‘‘मुझे लगता है कि तुम अब समझदार हो रहे हो।’’

‘‘जनरल, कुछ समस्याएँ आ रही हैं?’’

‘‘बोलो क्या हुआ? खुलकर बोलो।’’

‘‘कुछ लोग तर्क करते हैं?’’

‘‘तर्क करते हैं...यह सब बर्दाश्त नहीं होगा।’’

‘‘हम इन लोगों को ठीक कर रहे हैं जनरल। मतलब जेलों में भर रहे हैं।’’

‘‘जल्दी करो। ज़रूरत हो तो और जेलें बनवाओ।’’

‘‘जनरल, जेलें बनने में वक्त लगेगा।’’

‘‘तब तक ऐसा करो कि मुल्क को ही जेल में तब्दील कर दो।’’

‘‘लेकिन ये तर्क करने वाले जेलों में भी तर्क करते हैं?’’

‘‘कौन लोग हैं ये?’’

‘‘जनरल, ये विश्वविद्यालयों के लोग हैं।’’

‘‘तो विश्वविद्यालय बंद कर दो। हमें नहीं चाहिए।’’

‘‘तब दुनिया को ज्ञान-विज्ञान के नाम पर क्या दिखाएँगे?’’

‘‘तंत्र, मंत्र और जंत्र। इनमें सब आ गया।’’

‘‘जनरल, इन्हीं सब पर ये लोग तर्क करते हैं।’’

‘‘तुम इनमें देशभक्ति भरो।’’

‘‘यही कोशिश कर रहे हैं जनरल। लेकिन ये कहते हैं कि सवाल उठाना भी देशभक्ति है।’’

‘‘तो फिर इन्हें देशद्रोही बना दो।’’

‘‘वो कैसे?’’

‘‘जो हमारी बात का विरोध करते हैं, वे सब देशद्रोही हैं। उन्हें यहाँ रहने का कोई अधिकार नहीं है।’’

‘‘देशद्रोही मुर्दाबाद।’’

‘‘मुर्दाबाद। मुर्दाबाद।’’

‘‘जनरल का शासन ज़िन्दाबाद।’’

‘‘ज़िन्दाबाद। ज़िन्दाबाद।’’

‘‘अब तो मुल्क में कोई ख़तरा नहीं है ना! सब ठीक चल रहा है!’’

‘‘विश्वविद्यालयों के लोग *मनुस्मृति* की बहुत आलोचना कर रहे हैं।’’

‘‘इसे सारे पाठ्यक्रमों में अनिवार्य कर दो। जो इसका विरोध करता है उसे तरक्की का दुश्मन बताओ।’’

‘‘लोगों ने इसे अन्याय की किताब साबित कर दिया है।’’

‘‘सारे विश्वविद्यालयों में अपने लोग भर दो।’’

‘‘जनरल, इतने पढ़े-लिखे लोग अपने पास कहाँ हैं?’’

‘‘मूर्ख, मेरे आदेश के सामने डिग्रियों की क्या हैसियत। फिर भी तुझे लगता है तो पचौरी जी के कम्प्यूटर सेंटर से मर्ज़ी के मुताबिक निकलवा देना।’’

‘‘पढ़ाई-लिखाई मुर्दाबाद।’’

''मुर्दाबाद। मुर्दाबाद।''

''जनरल का आदेश ज़िन्दाबाद।''

''ज़िन्दाबाद। ज़िन्दाबाद।''

''मेरी राह में कोई रोड़ा दिख रहा है तुम्हें।''

''साब, विश्वविद्यालयों का विरोध रुक नहीं रहा है।''

''वहाँ पर अपने लोग नहीं बैठाए क्या?''

''बैठाए तो हैं हुजूर, लेकिन सब अय्याशियाँ कर रहे हैं। लोगों ने इन्हें बेवकूफ़ भी साबित कर दिया है।''

''इन्हें कुछ ऐसा दिखाओ कि ये हमारे भक्त हो जाएँ।''

''आपका पचौरी वाला फ़ार्म हाउस दिखा दें?''

''नालायक! उसके बारे में तो किसी को बताना भी मत। इन्हें टैंक दिखाओ।''

''उससे तो डर पैदा होगा।''

''बिलकुल। डर को देशभक्ति में तब्दील कर दो।''

''जनरल, टैंक दिखाने के लिए इन्हें सीमा पर ले जाना पड़ेगा ना!''

''तुम्हारी यही बकवासें तो मेरी विश्व-विजय को कमज़ोर करती हैं। सारे विश्वविद्यालयों में टैंक लगवा दो।''

''जैसा आदेश मालिक।''

''विश्वविद्यालय मुर्दाबाद।''

''मुर्दाबाद। मुर्दाबाद।''

''जनरल के टैंक ज़िन्दाबाद।''

''ज़िन्दाबाद। ज़िन्दाबाद।''

''टैंक से लोग डरें होंगे ना!''

''नहीं साब। विश्वविद्यालय के लोगों ने टैंक पर फूलों के पौधे लगा दिए हैं।''

''क्या कह रहे हो तुम।''

‘‘मालिक ठीक कह रहा हूँ। टैंक से गोला दाग़ने की जगह गुलाब खिले हैं। पहियों पर चमेली लहरा रही है। बच्चे छुपा-छुप्पी खेलते हैं वहाँ।’’

‘‘तुम्हारे पास कोई उपाय है इनसे निपटने का ?’’

‘‘जनरल, विश्वविद्यालयों को बेच दीजिए।’’

‘‘किसको बेचें ?’’

‘‘साब, सारे पैसे वालों से तो आपका याराना है। किसी को भी बेच दो।’’

‘‘ऐसा करो कि विश्वविद्यालयों को पैसा देना बंद कर दो।’’

‘‘बिलकुल जनरल। यह कह देंगे कि आपको आज़ादी दे दी है।’’

‘‘आज तुमने बड़ी समझदारी की बात कही है। बिना पैसे कब तक चल पाएँगे। फिर आराम से बेच देंगे किसी रोज़।’’

‘‘विश्वविद्यालय मुर्दाबाद!’’

‘‘मुर्दाबाद! मुर्दाबाद!’’

‘‘जनरल का शासन ज़िन्दाबाद!’’

‘‘ज़िन्दाबाद! ज़िन्दाबाद!’’

‘‘अब बताओ कौन-सा विश्वविद्यालय किस दोस्त को बेचना है ?’’

‘‘लेकिन ऐसा संभव नहीं हो पा रहा है।’’

‘‘क्यों ? मैं चाहूँ और वैसा नहीं हो। ऐसी बात तुम सोच कैसे सकते हो !’’

‘‘जनरल गलती हो गई। माफ़ी चाहता हूँ। लेकिन जनता विश्वविद्यालय बेचने नहीं दे रही है। विरोध कर रही है।’’

‘‘अबे! यह बात-बात में जनता कहाँ से आ जाती है।’’

‘‘जनरल जनता तो देश में रहती है। उसकी बात माननी होगी।’’

‘‘ अगर उसकी बात नहीं मानूँ तो क्या उखाड़ लेगी जनता मेरा !’’

‘‘हुज़ूर जनता तख्ता पलट देगी।’’

‘‘जनता को बेवकूफ़ बनाने के रास्ते आते हैं मुझे।’’

‘‘फिर तो कोई दिक्कत ही नहीं है। कैसे करेंगे ?’’

‘‘पहले इन सरकारी विश्वविद्यालयों को चौपट करो। अपने दोस्तों से

प्राइवेट विश्वविद्यालय खुलवाओ। ऐसा माहौल बनाओ कि जनता खुद सरकारी विश्वविद्यालयों को गाली देने लगे।''

''वाह! जनरल। आपने तो सब कुछ चुटकी में हल कर दिया।''

''प्राइवेट विश्वविद्यालय ज़िन्दाबाद।''

''ज़िन्दाबाद! ज़िन्दाबाद।''

''सरकारी विश्वविद्यालय मुर्दाबाद।''

''मुर्दाबाद! मुर्दाबाद!''

''अब तो मेरी छाती से ये सरकारी विश्वविद्यालय हट रहे हैं ना!''

''जनरल नहीं हट रहे।''

''क्यों! अब क्या हो गया?''

''जनरल ये सरकारी विश्वविद्यालय दुनियाभर में बेहतर शिक्षा के लिए मशहूर हो रहे हैं।''

''इन पर बुल्डोज़र चलवाकर ज़मीन समतल कर दो।''

''यह हो नहीं सकता जनरल।''

''क्यों नहीं हो सकता! मैं आदेश देता हूँ।''

''जनरल, जनता कह रही है कि आपके आदेश ने वैधता खो दी।''

जुर्माना

भोरेलाल यह बात बख़ूबी जानता था कि उसके लिए सर्दियों का मौसम बिना लकड़ी के काटना मुमकिन नहीं है। गाँव के अधिकांश लोग जैसे-तैसे करके गैस चूल्हा ख़रीद लाए थे। किसी ने बकरी बेची तो किसी ने अनाज बेचकर गैस चूल्हा बसाया। इनके अलावा बेचने के लिए बेचारे आदिवासियों के पास था ही क्या! रोटी बनाने के लिए इन्हें आग की ज़रूरत थी जो पहले जंगल की लकड़ियों से पूरी की जाती थी। आजकल उस पर सरकारी पहरा लगा दिया गया था। ऐसा कानून बन गया था कि जंगल से हरी लकड़ी काटने वालों को जुर्माना देना पड़ेगा। इस कानून ने वन विभाग के अफ़सरों की मदद से गाँव तक आते-आते 'हरी लकड़ी' से अपना दायरा 'सूखी लकड़ी' तक बढ़ा दिया। आदिवासियों को कानून की असलियत मालूम नहीं थी। उनसे विभाग सूखी लकड़ियों पर भी जुर्माना वसूल करने लगा।

विभाग के गार्डों ने लोगों से सूखी लकड़ी काटने के जुर्माने के पचास रुपये वसूलना शुरू कर दिया। कुछ आदिवासी नौजवानों ने विरोध किया तो विभाग ने वसूली का नया तरीका निकाल लिया। तरीका यह था कि जुर्माना सूखी लकड़ियों का वसूल करते और चालान हरी लकड़ियों का भरते। पैसा भी मिल जाता, पकड़े भी नहीं जाते। कुछ लोगों ने रात को जंगल से लकड़ी लाने के प्रयास किये। गार्डों को इस बाबत भनक मिल गई या यूँ कहें कि वे यह साधारण अंदाज़ लगा चुके होंगे कि जब दिन में पाबंदी होगी तो इंसान रात को चूल्हा जलाने के इंतज़ाम में लगेगा। रात को सुरक्षा बढ़ा दी गई। कई लोग लकड़ी लाते पकड़े गए और चालान हुए।

तंग आकर गाँववालों ने चूल्हे के लिए लकड़ी का रास्ता छोड़ा और गैस की ओर रुख किया। कहने वाले तो यह भी कहते हैं कि शहर में जो

गैस चूल्हा देने की एजेंसी है, वह वन विभाग के आला अफ़सर के दामाद की है। जिसकी भी हो, आदिवासियों को रोटी बनाने का इंतज़ाम करने में ही कड़ी मशक्कत करनी पड़ी।

भोरेलाल गैस चूल्हा नहीं खरीद पाया। खरीदता भी कहाँ से, न तो उसके पास बेचने को बकरी थी और न ही अनाज। वह रोज़ कमाकर खाने वाला आदमी था। अगर किसी दिन बीमार हो जाता तो अनाज उधार लेना पड़ता। अकेली जान था, माँ-बाप बचपन में मर गए थे और दुल्हनियाँ शादी के कुछ महीनों बाद गुज़र गई। वैसे तो उसका संसार से कोई मोह नहीं था लेकिन जीवन के ताप ने उसे मौत के आँचल से दूर रखा।

जब सारे गाँव में गैस चूल्हा लाने की अफ़रा-तफ़री मची हुई थी तब भी उसने कोई खास चिंता नहीं की। वह तो यह गाँठ बाँधकर बैठा था कि जिस जंगल के सहारे पीढ़ियों ने जीवन गुज़ार दिया, वहाँ से दो-चार लकड़ी के टुकड़े लेने से उसे कोई नहीं रोक सकता। कुछ दिनों तक वह गाँव की गलियों से लकड़ियाँ चुनकर अपना चूल्हा जलाता रहा। अब सूखी लकड़ी मिलनी ही मुश्किल हो गई है और हरी लकड़ियाँ वह काटता नहीं है। इसे वह अपनी परम्पराओं के खिलाफ़ मानता है।

उस दिन भोरेलाल के घर में एक भी लकड़ी नहीं थी। सुबह खाना बनाते वक्त सारी लकड़ियाँ खत्म हो चुकी थीं। पहले तो उसने सोचा कि दिन-दहाड़े धड़ल्ले से जंगल में जाएगा और लकड़ी ले आएगा। उसके पुरखों के जंगल में जाने से उसे कौन रोक सकता है! फिर उसे उन मोटे-मोटे गार्डों का चेहरा याद आ गया जिनके हाथ में तेल पिलाई हुई मोटी बाँस की लाठी होती है। उस लाठी से होने वाली पिटाई भी याद आ गई उसे। गाँव के कई गबरू जवान दो लाठी में ही हाथ खड़े करते देखे गए थे।

अब भोरेलाल के पास एक ही रास्ता था। वह रात की बाट जोहने लगा लकड़ियाँ लाने के लिए। वन विभाग की सुरक्षा वालों को यह मालूम हो गया था कि गाँववाले गैस चूल्हा ले आए हैं तो उन्होंने सुरक्षा में थोड़ी ढील दे दी। गार्ड रात को हरदम जगे रहने की बजाय एक अंतराल के बाद उठकर टॉर्च घुमाने लगे।

भोरेलाल ने सुबह बनाए खाने में से जो बचा था, उसे खाया। उसे

इंतज़ार करते-करते दस बज चुके थे। अब लगा कि गार्ड सो गए होंगे। उधर टीले पर, जहाँ सुरक्षा चौकी थी, वहाँ अँधेरा हो गया था। आवाज़ें आनी भी बंद हो गई थीं। उसने एक मज़बूत-सी रस्सी, एक गमछा और बीड़ी-माचिस सँभालकर साथ रख लिए। गाँव की तरफ़ एक नज़र दौड़ाई तो वहाँ भी नींद ने पैर पसार लिए थे। चल पड़ा जंगल की ओर।

आदिवासियों के घर का इंसान तो छोड़िये, बकरी तक जानती है जंगल के तमाम रास्ते और पगडंडियाँ। वह दिन की थकान से नींदभरी आधी खुली, आधी बंद आँखों से बड़ा सचेत होकर जंगल में घुस गया। चाँदनी रात थी और जंगल ऐसा लग रहा था कि जैसे खिलखिलाकर उसका स्वागत करने के लिए उतावला हुआ जा रहा है। तालाब के किनारे भारी बरगद का पेड़ था जिस पर खेलते हुए उसके बचपन का बहुत बड़ा हिस्सा गुज़रा था। एक बार तो पेड़ पर खेलते समय उसे एक साँप भी दिखा था जो बहुत बड़ा था। देखते ही वह डर गया था और वहीं से हाथ छोड़ दिये थे। सीधा तालाब में गिरा। उसके बाद धीरे-धीरे वह इस स्थिति में आ गया कि साँप से डरना तो दूर की बात, उसे हाथ से पकड़ लेता है।

अब वह सूखी लकड़ी एकत्रित करने लगा। रात हुई तो क्या हुआ, उसके हाथ हरी और सूखी लकड़ी के भेद को पहचानते थे। कुछ काँटे ज़रूर चुभे। लेकिन इन लकड़ियों से चूल्हा जलना था जिससे रोटियाँ बननी थीं, जिससे उसका खुद का पेट भरना था। पेट के लिए सहे काँटे उतना दर्द नहीं देते। सर्दी बहुत कड़ाके की थी लेकिन वह अपने काम में इतनी शिद्दत के साथ लगा था कि उसे इसका ख़याल ही नहीं आया। डर के मारे वैसे भी पसीना आ रहा था।

लकड़ियों का मज़बूत गट्ठर बनाकर वह वापस घर की ओर चला। जंगल पार करके मुख्य रास्ते पर आने ही वाला था कि अचानक उसकी आँखों पर टॉर्च की तेज़ रोशनी पड़ी। इतनी तेज़ कि उसे कुछ भी नज़र नहीं आया। हड़बड़ाहट में लकड़ियों का गट्ठर नीचे गिर गया। पैर काँपने लगे। रोशनी उसके चेहरे से हट ही नहीं रही थी कि वह कुछ देख पाए। एक बार तो भागने का विचार भी उसके मन में आया, फिर उसे समझ में आ गया था कि टॉर्चवाले को उसका चेहरा दिख गया है। गार्ड सारे गाँववालों को जानते ही हैं, उसे भी पहचान गए होंगे। कुल मिलाकर जब तक उसने यह तय किया

कि भागने का कोई फ़ायदा नहीं है तब तक उसे यह भी महसूस होने लगा कि टॉर्च वाला इंसान उसकी तरफ़ बढ़ता हुआ आ रहा है। उधर से ज्यों ही टॉर्च वाला नज़दीक आता, इधर से त्यों ही इसके दिल की धड़कनें बढ़ती जातीं।

टॉर्च वाला गार्ड पास आ गया था और उसने पहचान भी लिया था कि उसका नाम मनोहर है। उसने आते ही पाँच-दस गालियाँ ठोकीं। यह चुपचाप सुनता रहा। फिर उसने लकड़ियों की तरफ़ देखा और आदेश दिया कि उन्हें लेकर सुरक्षा चौकी पर चल। उसने हाथ जोड़कर माफ़ी माँगी। लेकिन मनोहर ने एक नहीं सुनी। उसने लाठी दिखाई कि चलता है कि मरम्मत करूँ। डर के मारे भोरेलाल लकड़ियाँ लेकर चल पड़ा। सुरक्षा चौकी पर आकर मनोहर ने कहा कि देख तुझे पचास रुपये का जुर्माना भरना पड़ेगा, नहीं तो जेल भी हो सकती है। भोरेलाल ने फिर हाथ जोड़कर कहा कि अगर पैसे होते तो वह गैस चूल्हा ले आता। लेकिन गार्ड ने एक न सुनी। वह धमकी देकर अंदर गया और एक जुर्माने का चालान भर लाया। भोरे तो अनपढ़ था, उसे क्या मालूम था कि उसके नाम हरी लकड़ियों का चालान भरा गया है। वह हाथ जोड़े बैठा था।

सर्दी तेज़ होने लगी और मनोहर ने उस चालान को तो बगल में एक टेबल पर रख दिया और भोरेलाल को आदेश दिया कि आग जलाए। भोरे ने चारों तरफ़ देखा तो कोई लकड़ी नहीं दिखी। उसने गार्ड से पूछा कि आग किससे जलाये, गार्ड ने भोरे की लाई हुई लकड़ियों की तरफ़ इशारा कर दिया।

भोरेलाल ने अपनी लाई हुई लकड़ियों से आग जलाई। अब उसे विश्वास होने लगा कि शायद जुर्माना न भरना पड़े क्योंकि लकड़ियाँ तो सरकारी चौकी पर जल रही हैं। मन को तसल्ली देकर वह आग तापने लगा। मनोहर भी कुर्सी लेकर पास में आ गया। वैसे, दोनों एक-दूसरे को जानते थे। बातें करने लगे। रात कटने लगी। लकड़ियाँ जलती जातीं और भोरेलाल खुश होता। अंतिम लकड़ी आधी जली तब उसने मनोहर से कहा कि ''साब, अब तो जुर्माना नहीं देना होगा न!''

मनोहर पहले तो हँसा और फिर कड़े लहज़े में कहा कि हज़ार बार कहूँ क्या। फिर उसने कागज़ की तरफ़ इशारा किया कि इस चालान में तेरा नाम लिखा जा चुका है। अब तो जुर्माना लगेगा ही।

भोरेलाल फिर चिंता में डूब गया। टेबल पर पड़े कागज़ की तरफ़ देखकर

उसे एक तरकीब सूझी। आग कम हुई और सर्दी बढ़ी तो मनोहर गर्म कपड़े लाने चौकी के अंदर गया। भोरेलाल पीछे से टेबल पर पड़े उस चालान को आग के हवाले करके धीरे-धीरे झाड़ियों में गायब हो गया।

वे सूखी लकड़ियाँ भी जल चुकी थीं जिन पर जुर्माना लगना था। वे कागज़ भी जल चुके थे जिनमें सूखी लकड़ियों को हरी बताकर पचास रुपये का जुर्माना दर्ज था। लेकिन मूल सवाल अब भी ज़िन्दा था कि भोरेलाल के घर कल चूल्हा कैसे जलेगा!

सुसाइड पॉइंट से पहले की ठोकर

पृथ्वी घर से यह सोचकर निकला था कि चौराहे से वह तेज़ी से दौड़ेगा। चारों तरफ़ बिलकुल नहीं देखेगा। किसी की आवाज़ तक नहीं सुनेगा। सीधा जाएगा और एक छलाँग सुसाइड पॉइंट से लगा देगा। इसके बाद उसे असल में कुछ सोचने की ज़रूरत थी ही नहीं। आगे का काम अपने आप होना था। वह अपने इरादे के मुताबिक घर से निकल चुका था। एक बार मुड़कर उस घर को भी अंतिम अलविदा कह दिया था जिसमें ज़िन्दगी के पच्चीस साल गुज़ारे थे। घर को देखते वक्त बिलकुल उसका मन नहीं पसीजा, वह पहले की तरह अब भी अपने मरने के इरादे पर अडिग था।

पृथ्वी चुपचाप चला जा रहा था, प्रकृति, इंसान और दुनिया की तमाम बातों से बेखबर। उसको लग रहा था कि उसका जिस्म एक चट्टान है जिसे धकेलते हुए उसे सामने वाली पहाड़ी के सबसे ख़तरनाक कोने पर ले जाकर धक्का मारना है। यूँ तो बचपन से हज़ारों बार वह इस पहाड़ी पर चढ़ा है लेकिन आज अहसास हो रहा है कि अपने पथरीले जिस्म को ऊँचाई पर ले जाना कितना मुश्किल काम होता है। फिर भी उसका इरादा बहुत मज़बूत था। अब वह उस चौराहे को पार कर रहा था, जिसको हमेशा रुककर, चारों तरफ़ देखकर पार करता था। बचपन से ही यही सिखाया गया था उसे। बाद में, उस चौराहे पर हुए बहुत से एक्सिडेंटों की वजह से उसके मन में डर घर कर गया था। चौराहे को ध्यान से पार नहीं किया गया तो किसी गाड़ी की टक्कर से मारा जाएगा। आज मरने का तो कोई डर था नहीं। बिना इधर-उधर देखे तेज़ कदमों से उसने चौराहा पार किया।

पृथ्वी ने एक गहरी साँस भरकर तेज़ी से पहाड़ी पर चढ़ना शुरू किया। पहाड़ी की यह चोटी अरावली पर्वतमाला का हिस्सा थी। यह संसार की

प्राचीनतम पर्वतमाला होने के कारण पत्थरों में अजीब-सी चिकनाहट पैदा हो गई है। सहारे के लिए किसी पत्थर को पकड़ता तो पृथ्वी का हाथ फिसल जाता। भुरभुराये हुए पत्थर की कुछ किर्चें उसके हाथ में आ जातीं। वह सोचने लगा कि वक्त की मार तो इंसान और पत्थर दोनों को क्षीण कर देती है। दोनों ही एक सीमा के बाद झड़ने लगते हैं। यह सब सोचते हुए वह रुका नहीं, चढ़े जा रहा था। अब तो अपने मुकाम के बहुत नज़दीक था। थकान खूब हो गई थी और शरीर पसीने से तर-ब-तर था। पत्थर जैसे जिस्म पर जब पसीना आता है ना, तभी जहान में कुछ नदी-नाले बन पाते हैं। आज पृथ्वी के जिस्म से भी शायद कोई नदी निकले, उसे अचानक दुष्यंत की वे पंक्तियाँ याद आईं—'हो गई है पीर पर्वत-सी पिघलनी चाहिए।'

लेकिन वह अपनी पीर को पिघलने नहीं देना चाहता था। बहुत गाढ़ी जमा रखी थी। यहाँ तक के सफ़र में उसने एक बार भी पीछे मुड़कर नहीं देखा था। शायद वह अतीत से अपने आपको पूरा मुक्त कर चुका था। अचानक उसके पत्थर जैसे जिस्म को एक नुकीले पत्थर की ठोकर लगी और वह विश्व की प्राचीनतम पर्वतमाला पर धड़ाम से गिर पड़ा। उसने महसूस की दो पत्थरों के टकराने की आवाज़ जिसको दर्ज करना भाषा के बाहर की चीज़ है।

पृथ्वी ने अपने आप को सँभाला। धीरे से अपने जिस्म को बड़े पत्थर के सहारे टिकाया। बहुत तेज़ी से आती साँसों की गति को नियंत्रित किया, तब नज़र अपने घुटनों पर पड़ी। वहाँ से खून निकल रहा था। छूकर देखा तो एकदम ताज़ा था। मृत्यु से पूर्व भी खून तो खून रहता है आख़िर। जहाँ से निकलता है वहाँ दर्द भी देता है। उसके घुटनों में भी हल्का-हल्का दर्द महसूस हुआ।

''क्यों मर रहे हो दोस्त?''

''इसका जवाब देना मैं ज़रूरी नहीं समझता।'' इतना कहने के बाद उसे कुछ ख़याल आया और चारों तरफ़ देखा कि सवाल किया किसने है! कोई आस-पास नज़र नहीं आया। वहाँ वह अकेला ही था। पृथ्वी को याद आया कि यह आवाज़ तो खुद उसके जैसी ही है।

''कौन हो तुम? क्या पूछ रहे हो यह?'' इस बार पृथ्वी पूरी तरह सतर्क था।

''तेरा ही हमज़ाद हूँ। मैं तो हमेशा ही सवाल करता आया हूँ। मेरी इसी खूबी के तो कायल थे तुम।''

इस बार की आवाज़ सुनकर पृथ्वी को लगा कि उसके जिस्म में कोई एक और बाशिंदा है। अब वह उसके नियंत्रण में भी नहीं है। उसकी मनोदशा ऐसी हो गई थी कि उसे अपने जिस्म में दो दिल, दो मुँह, चार आँखें, चार हाथ यानी सब कुछ दोगुना महसूस हो रहा था। अपने सामने कोई विकल्प न पाकर पृथ्वी ने अपने हमज़ाद के सवालों के जवाब देने शुरू किये, ''तुम जानते तो हो मेरे मरने का कारण। मुझ से क्यों पूछ रहे हो ?''

''मुझे तो मौत के बहुत से कारण दिखते हैं। तुम शायद किसी एक वजह से मर रहे हो, वह जानना चाहता हूँ।'' इतना कहकर जब हमज़ाद हँसा तो पृथ्वी को महसूस हुआ कि यह हँसी तो बिलकुल उसके ही जैसी है। हमज़ाद उसके जैसा ही हँसता है, वैसा ही बोलता है और शायद रोता भी वैसा ही होगा। लेकिन सोचता बिलकुल उससे जुदा है।

पृथ्वी ने अपनी उँगली से लगे खून को उसी पत्थर से पोंछा जिससे ठोकर लगी थी। शायद उसको उलाहना भी दे रहा हो कि चंद कदम दूर ही तो था सुसाइड पॉइंट जिसे वह अपनी मुक्ति का द्वार मानता था। तू बीच में कहाँ से आ गया। पत्थर वैसे ही बेजान था और उस पर लगा खून धीरे-धीरे सूख रहा था। चंद पलों बाद उस खून के धब्बे पर एक मक्खी बैठ गई थी। हमज़ाद चुप और शांत था।

''एक कारण से तो कोई नहीं मरता। बहुत से कारण होते हैं मरने के। लेकिन तुम्हें तो एक चाहिए। सुनो! वह एक कारण यह है कि मेरे पास जीने का कोई मकसद नहीं बचा।''

''तो मकसद पैदा करो।''

''यह बच्चा पैदा करने जैसी कोई चीज़ थोड़ी है।''

''तुम्हारे पास जीने का मकसद था कब ?''

''बचपन में था कि बड़ा होऊँगा।''

''वह तो हो गए हो। अब तय करो नया मकसद कि बूढ़ा होऊँगा।''

''मुझे बूढ़ा बिलकुल नहीं होना है। बुढ़ापे से डर लगता है। बुढ़ापे में लोगों को तिल-तिल मरते देखा है मैंने। और बच्चा अब वापस बन नहीं सकता।''

''यहीं पर गलती करते हो। अब भी बच्चे बन सकते हो।''

''पागल हो तुम। कैसी बातें करते हो। गुज़रा हुआ वक्त कभी वापस आया है।''

''बिलकुल नहीं आता मेरे दोस्त। यह बताओ कि तुम बचपन किसको कहते हो।''

''जिसमें खेलते-कूदते हैं। बेफ़िक्र होते हैं। मज़ा आता है।''

''मज़ा किसमें आता है दोस्त?''

''जो अच्छा लगता है।''

''अच्छा क्या लगता है?''

''चुप रहो। मुझे नहीं पता।''

''झुँझलाओ मत मेरी जान। सब्र करो।''

''फिर तुम ही बता दो कि मज़ा किसमें आता है?''

''चलो मैं बता देता हूँ। मज़ा आता है हर चीज़ को उत्सुकता से देखने में। उसके होने के अर्थ को समझने में। सवाल उठाने में। रहस्य जानने में। एक काम को बार-बार करके सिद्धांत बनाने में। तुमने यह सब छोड़ दिया है। इसलिए मज़ा नहीं आता। तुम्हें लगता है कि तुम सब कुछ जान गए हो। दुनिया तुम्हें स्थिर दिखती है। इसे फिर से देखो। मज़ा आएगा। बचपन भी लौट आएगा।

हमज़ाद के इतना कहने के बाद पृथ्वी को लगा कि अब उसका दिमाग तेज़ी से चलने लगा है। सामने देखा तो वह गाँव था जिसमें उसका बचपन और जवानी गुज़री थी। पीछे मुड़कर देखा तो सुसाइड पॉइंट था। सुसाइड पॉइंट पर जानने के लिए मात्र मृत्यु थी जिसे देर-सवेर वह जान ही जाएगा।

इधर गाँव की तरफ़ हज़ारों चीज़ें दिखने लगीं जिनको जानना अभी बाकी है। वे जो पेड़ दिख रहे हैं, उन सारों के नाम भी नहीं जानता अभी तो। और जिस पहाड़ी पर बैठा है वह अभी, इसके बारे में भी तो बहुत कम जानता है। पृथ्वी खड़ा होकर धीरे-धीरे पहाड़ी से नीचे उतरने लगा। उसके पैर के बगल में ही एक झाड़ी थी जिसके खूबसूरत पीले फूल थे। उसने पहली बार झाड़ी पर फूल देखे। बिलकुल अलहदा। मज़ा आ गया। मन किया कि बच्चे

की तरह ज़ोर से उछलकर चिल्लाए। उसने मन को रोका नहीं। चिल्लाया और उछलने लगा। उसे फिर दुष्यंत की पंक्तियाँ याद आई—'एक पत्थर तो तबियत से उछालो यारो।'

तुरंत पृथ्वी ने पत्थर उठाया और आसमान की तरफ उछाला। कहते हैं कि उस दिन के बाद आसमान में एक परमानेंट छेद हो गया है। यह छेद ओज़ोन परत में प्रदूषण की वजह से होने वाला छेद नहीं है।

वे चंद पल जब पंख आये थे

गोकुल सोच रहा था कि इंसान दोहरे अभिशाप से पीड़ित है, अगर वह सच नहीं जानता तो 'न जानने' का दुःख उसे कचोटता रहता है और अगर उसने सच जान लिया, तब लगता है कि इससे तो 'न जानना' ही बेहतर था। इंसान और सच के बीच जो पर्दा है उसे उठाना और फिर वापस गिराना, दोनों ही मुश्किल काम हैं। यह एक बरसात की दोपहर थी और वह शहतूत के पेड़ के नीचे चारपाई पर लेटा था। चारों तरफ़ जोते हुए खेत थे जिनमें फ़सल मेड़ों से हल्की-सी ऊपर निकल रही थी। इससे कहीं हरियाली दिख रही थी तो कहीं रेत की पट्टी। शायद यह सीज़न की दूसरी बारिश थी। इस समय दोपहर के चार बजे के करीब खेतों में कम ही लोग होते हैं। उस पर भी अगर हल्की बूँदाबाँदी हो रही हो तो लोग घर चले ही जाते हैं। यह शहतूत इतना घना था कि हल्की बूँदें तो नीचे आने ही नहीं देता। वे पत्तों से झरती हुई पेड़ की परिधि पर गोलाकार होकर गिरतीं। इससे बीच का हिस्सा सूखा रह जाता।

सामान्य रूप से उसने करवट बदली और एक तिनका लेकर चारपाई पर सोता हुआ ही ज़मीन पर कुछ उकेरने लगा। क्या उकेर रहा था, यह तो वह खुद ही समझ सकता है क्योंकि कुछ रेखाएँ थीं जिसका साफ़ तौर पर कोई अर्थ नहीं निकल रहा था। तभी उसे सामने एक चींटियों का बिल दिखाई दिया। ये मीडियम साइज़ की चींटियाँ थीं जो अक्सर बरसात के समय ही दिखती हैं। उनमें से कुछ बिल के बाहर निकल रही थीं तो कुछ अन्दर जा रही थीं। यह पहचानना गोकुल के लिए मुश्किल था कि जो अभी अन्दर गई है, वही चींटी वापस बाहर आई है या कोई दूसरी है। सब एक जैसी लग रही थीं। वह एकटक उन्हें देखता रहा। धीरे-धीरे उसे समझ में आने लगा कि सब

चींटियों के अलग-अलग चेहरे हैं। जैसे इंसानों के होते हैं। उन्हें चेहरों से पहचाना जा सकता है। एक का चेहरा, दूसरी से नहीं मिलता। इस बात ने उसे इतना रोमांचित किया कि उसने अपनी सारी चेतना चींटियों के उस बिल पर लगा दी जैसे कि संसार में उसके अलावा अन्य का कोई अस्तित्व ही न हो।

अब उसे यह भी समझ आने लगा कि इनके बीच में कोई संवाद का रास्ता भी है, ये जब अपने मुँह को एक विशेष तरीके से हिलाती हैं तो उनका मुँह शरीर से कुछ ऊपर उठ जाता है जिससे अन्य चींटियाँ समझ जाती हैं कि कोई ख़तरा है। सब बिल में घुसने को दौड़ती हैं। बिल का मुँह बहुत संकरा होने के बावजूद चींटियाँ खुद आगे जाने के लिए दूसरों को पीछे धकेलने की बजाय दूसरों को आगे बढ़ा रही थीं। कुछ समय बाद सारी चींटियाँ बिल में जा चुकी थीं। अब सूना बिल सिवाय एक छेद के कुछ नहीं था जिसके मुँह के चारों ओर कुछ भुरभुरी मिट्टी थी।

गोकुल आसमान में दौड़ रहे बादलों को देख रहा था जिन्हें उसने जीवन में कई बार देखा है। इनकी आकृतियाँ कभी उसे अपनी पुरानी प्रेमिकाओं जैसी दिखतीं तो कभी किसी चित्र की तरह। आज उसे उन बादलों में चींटियों के चेहरे नज़र आए। अपने से बहुत छोटे जीव को हम इतना नज़रअंदाज़ कर देते हैं कि उसका चेहरा तक नहीं देखते।

अभी दिन ढलने की तरफ़ जा रहा था और उसने चींटियों के बिल की तरफ़ देखा तो चंद चींटियाँ बिल से बाहर आ चुकी थीं। लेकिन उनमें एक बहुत बड़ी तब्दीली आ चुकी थी, उनके ऊपर पंख आ गए थे। पंख इतने भारी थे कि जिस चींटी को पंख आए थे, वह अपने शरीर का संतुलन नहीं बना पा रही थी। गोकुल का शरीर भी डगमगाया, वह भी संतुलन नहीं बना पा रहा था। उसे अहसास हुआ कि उसके भी दोनों तरफ़ दो बड़े-बड़े पंख आ गए हैं। वह भी उस चींटी की तरह बेचैन था। खुद के ही जिस्म को चीरकर निकले थे पंख। उसे लगा कि वह चारपाई से नीचे गिर जाएगा। सोचा कि इस चींटी से सँभलने की तरकीब सीखी जाए।

पंखवाली चींटी को दोनों तरफ़ दो चींटियाँ सहारा दे रही थीं। गोकुल चिल्लाया कि कोई उसके पंखों को सहारा दे। वह डगमगा रहा है, गिर जाएगा। लेकिन उसकी आवाज़ कोई नहीं सुन रहा था। तभी चींटियों की तरह शरीर से

अपने मुँह को थोड़ा ऊपर उठाकर वह चेहरे पर कुछ भाव लाया। चींटियाँ उसके इशारे को समझ गईं और तुरंत चारपाई के पाये से ऊपर चढ़ गईं। दो चींटियाँ उसके पंखों को सहारा देने लगीं। कितना अच्छा लगता है जब गिरते हुए को कोई सहारा देता है। अब उसके मन में 'बड़े होने' का अहसास खत्म हो चुका था। वह छोटा हो गया था। छोटे से बड़ा होना तो बहुत आसान है लेकिन बड़े से छोटा होना बहुत मुश्किल होता है। वह बहुत हल्का महसूस कर रहा था।

ज़मीन पर पंख वाली चींटी धीरे-धीरे बिल की तरफ़ बढ़ती है। दोनों चींटियाँ सहारा देकर उसे बिल में भेज देती हैं। शायद पंख आने पर उड़ने से पहले अपने घर जाना होता है। ठीक इसी वक्त सहारा देने वाली चींटियाँ गोकुल को भी बिल की तरफ़ धकेलती हैं और अंततः वह भी बिल में घुस जाता है।

क्या अद्भुत दुनिया है अंदर की। लम्बी सुरंग जैसा घर जिसमें अँधेरा होने के बावजूद भी सब कुछ दिख रहा है। धरती इतनी बड़ी होने के बावजूद भी उन्होंने अलग-अलग कमरे नहीं बनाये। जिसका जहाँ मन चाहे, वहीं आराम कर रहा था। वह तो उनमें औरत-मर्द को भी अलग नहीं कर पा रहा था। बाहर से आने वाले हर पंखों वाले का स्वागत हो रहा था। उसे सहारा देकर आगे ले जा रहे थे। थोड़ा आगे जाने पर बहुत सारी चींटियाँ नाच रही थीं। वह भी नाचने लगा। बिना बाहरी संगीत के, मन के संगीत पर नाचना कितना सुखद होता है।

बिल के एक कोने में बहुत सारा अनाज पड़ा था। न कोई पहरा, न कोई बँटवारा। गोकुल ने सुना था कि चींटियाँ अनाज नहीं खातीं। वे तो सिर्फ़ एकत्रित करती हैं। लेकिन तभी उसने देखा कि दो चींटियाँ ढेर के पास गईं और थोड़ा-सा अनाज खाकर वापस झुंड में आकर नाचने लगीं। उसने तो यह भी सुना था कि चींटियों के बिल में एक राजा होता है। उसकी नज़रें राजा को खोज रही थीं लेकिन वह कहीं नहीं दिखा। एक बूढ़ी चींटी थी जो शायद इनकी नानी-दादी जैसी कुछ रही होगी। बिल के मुँह के पास अन्दर बहुत सारी मिट्टी पड़ी थी, शायद बरसात के वक्त वे इससे बिल का मुँह बंद कर देती होंगी कि अन्दर पानी न आए।

गोकुल जब बिल से बाहर निकला तो फिर से दो चींटियों ने सहारा दिया। अचानक उसके मन में उड़ने का ख़याल आया। उसने पंख फड़फड़ाये, लेकिन संतुलन खो दिया। वह एक तरफ़ झुक गया। तुरंत उन दो चींटियों ने

उसे सँभाला। दूसरी चींटियाँ भी घूम रही थीं जिन्हें अभी-अभी पंख आए थे। तीन-चार बार गिरने के बाद वह उड़ने में कामयाब हो पाया।

वाह...क्या आनंद है। अपने पंखों पर आसमान में उड़ने से अधिक रोमांचकारी संसार में कुछ नहीं होता है। खेत माचिस की डिबिया जैसे दिख रहे थे। वह और ऊँचा उड़ा, अपने गाँव के घर उसे किसी पेंटिंग की तरह नज़र आ रहे थे। इंसान उसे चींटियों जैसे दिख रहे थे। तभी उसे दूसरी चींटियों ने इशारा किया कि ज़्यादा ऊपर मत जाओ। अकेले वापस नहीं आ पाओगे।

गोकुल गाँव की सतह पर उड़ने लगा। कैसा विचित्र गाँव है। वह इतने बरसों से रहता आया है फिर भी इसके इस रूप से परिचित नहीं था। शाम के वक्त जैसे कि सब खाने के लिए लड़ रहे हों। किसी घर में खुशबूदार पकवान बने हैं लेकिन बगल के घर वाला प्याज के साथ रोटी खा रहा है। जिसके यहाँ खाना है, वह पेट फूटने तक खा रहा है। जिसके पास नहीं है, उसे पेट सूखने तक नहीं मिल रहा है। लोग चीज़ों को उठाकर अपने कमरों में भर रहे हैं। उन पर ताला लटका रहे हैं।

अब गाँव में अँधेरा हो चुका है। लोगों के घरों में रोशनी दिखाई दी। रोशनी दिखते ही गोकुल के मन में उसके प्रति एक विचित्र आकर्षण पैदा हुआ। रोशनी के प्रति ऐसा आकर्षण उसके मन में कभी नहीं हुआ था। जैसे कि यह रोशनी उसके मन के अन्दर से जा रही है जिसके पीछे वह खिंचा चला जा रहा है। वह उड़कर रोशनी के स्रोत बल्ब के पास पहुँचा। वहाँ अन्य पंख लगी चींटियाँ बल्ब के चारों तरफ़ उड़ रही थीं। वह भी उड़ने लगा। उसे रोशनी के समंदर में तैरने जैसा आभास हुआ। बिना ओर-छोर का रोशनी का समन्दर। गाँव और अँधेरा धीरे-धीरे उसकी चेतना से विलुप्त हो रहे थे।

इतना उड़ने के बाद भी उसे थकान महसूस नहीं हुई। तभी उसके बगल में उड़ रही पंख वाली एक चींटी के पंख अचानक से झड़ गए। वह नीचे गिरी और मर गई। यह सिलसिला तेज़ी से बढ़ा। गोकुल के पंख भी अचनाक गिरे तो उसने लपककर उन्हें पकड़ लिया। अपने हाथों में दो टूटे हुए पंख पकड़े उसका मन शहतूत के नीचे रखी चारपाई पर गिरा।

काश! उसके मन के पंख झड़ते न। काश! वह किसी उजाले में डूबकर मर जाता। मगर उसके चारों तरफ़ तो अँधेरा ही अँधेरा था।

जब टमाटर लाल हुआ

पूरे बाग में एक चर्चा कई सालों से थी। कभी गुलाब चमेली को पूछता तो कभी मोगरा गुलदाउदी को कहता कि यह टमाटर कितने साल का है। किसी को इसके बारे में मालूम नहीं था। सब अंदाज़ लगाते थे। कोई कहता पचास साल, तो कोई कहता सौ साल। कोई उसे अपने परदादा के परदादा की उम्र का बताता। कोई उसे इस बाग में लगने वाली पहली सब्ज़ी भी बताता था। किसी को भी उसके मरने की आशा नहीं थी। वह वैसे का वैसा हरा था। बाग का माली अन्य पौधों की तरह उसमें भी पानी डालता था। खाद देता था। लेकिन इन सबका उसके शरीर पर कोई असर नहीं होता। वैसा ही गोल आकार और एक पतली-सी टहनी पर यह लटका रहता था। इस पौधे पर उसके अलावा और कोई टमाटर भी नहीं था। बाग के फूल और फलों ने कभी उस पौधे पर दूसरा कोई टमाटर नहीं देखा। किसी समय तो बहुत से टमाटर रहे होंगे जो इसका परिवार था। अब यह बिना परिवार के ही है, एकदम अकेला। मालूम नहीं उसके लाल होने में कितने बरस और लग जाएँ। ऐसा भी तो हो सकता है कि बाग उजड़ जाए और यह टमाटर बच जाए।

यह तो सही बात है कि लाल होने का मन उस टमाटर का भी करता था। वह भी चाहता था कि कोई उसे अपने हाथों से तोड़े। बाज़ार में बेचे या घर ले जाए। सब्ज़ी बनाए या सलाद के काम में ले। सीधा काटे, गोल काटे, या कचूमर निकाल दे। कोई तो उसको नमक लगाए, मिर्च लगाए या फिर चाशनी में डुबाये। ये सारी चाहतें उसके मन को दुखी रखतीं। नए फूल और फल खूब गाते और नाचते। कई बार उसने भी कोशिश की नाचने की। नहीं नाच पाया। नए ज़माने के इस बाग के संगीत की धुन पर उसके पैर थिरकते ही नहीं थे।

वैसे टमाटर का सब सम्मान करते थे। उधर से गुज़रने वाला हर फूल और उसकी खुशबू उसको नमस्कार करते थे। वह भी जवाब में हल्की-सी मुस्कान बिखेर देता। यह मुस्कान बहुत दिखावटी थी। ऐसी हालत में उसके लिए समय गुज़ारना बड़ा मुश्किल हो गया था। उसको तो याद है कि किसी एक बूढ़े बागवान ने अपने मालिक के लिए इस देशी टमाटर को लगाया था। मालिक को लाल टमाटर की चटनी बहुत पसंद थी। जिस पौधे पर वह बरसों से लटका है, उस पर खूब टमाटर लगे थे। बागवान बहुत इंतज़ार करता रहा है कि यह टमाटर भी लाल हो जाए। बाकी टमाटर लाल होते गए और तोड़े जाते रहे। यह लाल नहीं हुआ तो तोड़ा भी नहीं गया। हर रोज़ वह बूढ़ा होता बागवान इसे देखता था और प्रार्थना करता था कि यह टमाटर लाल हो जाए। जब तक इस पौधे पर टमाटर लगते रहे तब तक तो बागवान अपने मालिक को चटनी खिलाता रहा। फिर टमाटर लगने बंद हो गए। यह अकेला बचा। इसके लाल होने की बरसों तक प्रतीक्षा करने के बाद एक दिन बागवान मर गया।

यह टमाटर अपने दिल को बहलाने के लिए बाग से बाहर जाने लगा। सुबह-शाम घूमने के बहाने से। सड़क पर इतनी गाड़ियाँ हैं कि एक का भी टायर इसके ऊपर से निकला तो चटनी बन जाएगी। बिना लाल हुए यूँ सड़क पर चटनी बनना तो उसे कतई पसंद नहीं है। वह स्लिप-लेन पर चलने लगा। वहाँ पर भी इंसानों की लाइन लगी है। उनमें से कोई भी नीचे देखकर नहीं चल रहा था। कुछ आसमान की तरफ़ देखकर चलते हुए सामने से आने वालों से टकराते। कुछ इतना सीधा सामने देख रहे हैं कि सड़क किनारे झुकी पेड़ों की टहनियाँ सिर पर लगतीं। ऐसे में टमाटर का इस लेन पर चलना बिलकुल सुरक्षित नहीं है। कोई भी पैर रख सकता है। और वह तो बेचारा टमाटर ही है। फटाक से फट जाता। उसने स्लिप-लेन के पास की दीवार के सहारे चलना ठीक समझा। यह जगह कुछ महफ़ूज़ थी हालाँकि यहाँ पर भी अनेकों जगहों पर दीवार की नींव के पास कई बड़े छेद थे जिनमें गिरकर टमाटर आराम से मौत के मुँह में जा सकता था। लेकिन वह सतर्क था, किसी छेद में गिरने की बजाय वह हमेशा यही सोचता था कि ऊपर से इतना अधिक चमकदार दिखने वाले शहर की नींव तो बहुत ही खोखली है।

आज तक शायद ही किसी राहगीर की नज़र टमाटर पर पड़ी हो। लोग

इतनी तेज़ी से दौड़ते रहते हैं कि एक छोटे-से टमाटर को देखने का वक्त किसके पास है। टमाटर उस राह से गुज़रने वाले हर राहगीर को न सिर्फ़ देखता था बल्कि जानता भी था। वह आसानी से बता देता था कि जो व्यक्ति अभी एक बहुत ही महँगी कार से दौड़ता हुआ गया है वह सिर्फ़ पाँच वर्ष पहले तक एक स्कूटर पर चला करता था। अभी जो उसके चेहरे पर चमक है, उस समय वहाँ पर थकान और पसीने की एक परत होती थी। इतनी बातें तो इस व्यक्ति के बारे में कोई भी बता सकता है लेकिन टमाटर तो यह भी कहता है कि इस व्यक्ति की आँखें गहराई तक अंदर धँस गई हैं। अब इसे ज़मीन नहीं, हमेशा आसमान ही दिखाई देगा।

टमाटर के पास सारे राहगीरों के खाके हैं। इसी दीवार के सहारे फुटपाथ पर कुछ लोग रहते हैं। वह इन लोगों की कई पीढ़ियों को सर्दी-गर्मी और बरसात में हमेशा काम करते हुए देखता आ रहा है। अभी तक उनके सर पर छत नहीं बन पाई थी। कई बार जब औरतें शाम को खाली नमक-मिर्च को चूल्हे पर उबाल रही होती हैं तो उसका मन करता है कि वह कूदकर उस हाँडी में जा गिरे ताकि यह परिवार तरकारी तो खाए। उसकी यह मुराद भी इसलिए पूरी नहीं हो पाती क्योंकि हाँडी के मुँह तक पहुँचने के लिए उसे एक आग का दरिया पार करना होता।

टमाटर घूमकर वापस आता और अपनी टहनी पर जाकर टँग जाता। दिन, रात, महीने, बरस तो उसने गिनने ही छोड़ दिए थे। आधी रात को एक बार बरसात हुई तो उसकी सोई हुई यादें जाग गईं। जिस ज़माने में वह जवान हुआ करता था उस समय आधी रात की बरसात से उसकी रगों में उमंग आ जाती थी। उसने अपने जिस्म में पूरा तनाव देकर उमंग महसूस करने की नाकाम कोशिश की। बरसात के बाद चलने वाली हल्की शीत लहर भी उसकी चमड़ी को कँपा नहीं पाती है। ठंडी हवा से बेअसर वह ऐसी हालत में पहुँच गया था जहाँ पर अहसास उसकी चेतना से गायब हो गए थे।

ऐसे ही उदास दिनों में एक दिन टमाटर की ज़िन्दगी में रंगत आ गई। वह अपनी उसी दीवार के सहारे घूम रहा था कि उसने देखा कि सामने एक आधा लाल टमाटर पड़ा है। वह किसी ठेले से गिर गया था। बाग के टमाटर ने पहले तो सोचा कि मैं सड़क पर पड़े हुए टमाटर से क्यों बात करूँ? इससे

तो मेरी इज़्ज़त कम हो जाएगी। सड़क का टमाटर भी उसे देखते ही समझ गया था कि यह तो कोई अमीर बाग का टमाटर होगा। उसने भी कोई खास भाव नहीं दिया। वह चुपचाप अपने ज़ख्मी जिस्म के दर्द को दिल में ही दबाकर चेहरे पर बेपरवाही का भाव ला रहा था ताकि बाग के टमाटर को बताया जा सके कि तेरे जैसे रईस बहुत देखे हैं। लेकिन बाग के टमाटर के मन में कुछ उथल-पुथल चल रही थी। उसका एक मन तो यह कहता था कि इसके गले मिलते हैं। तभी दूसरा मन कहता था कि नहीं, इसकी हैसियत ही नहीं है गले मिलने वाली। अंततः वह कुछ नहीं तय कर पाया। उसे इस बात का यकीन ज़रूर हो गया था कि उसके पास दो मन हैं।

अगले दिन सुबह जब वह नींद से जगा तो उसकी आँखें यकीन नहीं कर पा रही थीं कि कैसे उसके एक मन की तरफ़ वाला हिस्सा लाल हो गया है। वह समझ नहीं पा रहा था कि ऐसे मौके पर उसे कैसे रिएक्ट करना चाहिए। कभी उसका मन करता कि वह उछलकर ज़ोर से चिल्लाये लेकिन तभी यह भी ख़याल आता कि अब तो उसकी आवाज़ कोई सुनता ही नहीं है। वैसे भी किसी ने आवाज़ सुन ली तो क्या भरोसा है कि वह उसके लिए घातक हो जाए। बाग के कुछ नए पेड़ आजकल अधूरे लाल हुए टमाटरों को भी तुड़वा देते हैं। इसी ख़याल से वह चुप रहा लेकिन होंठों की चुप्पी दिल में उठने वाली लहरों को कब रोक पाई है। भला, हवाओं के डर से कभी आग ने अपनी तासीर बदली है।

टमाटर चुपचाप पौधे से नीचे उतरा और आस-पास का जायज़ा लिया कि कोई देख तो नहीं रहा है। उसके बगल वाला पेड़ शायद कल रात की आँधी में अपने अस्तित्व के गहरे संघर्ष के कारण थक चुका है। प्राण बचाने का संघर्ष कभी-कभी प्राण गँवाने तक पहुँच जाता है। वह पेड़ भी निढाल होकर हल्की साँसें ले रहा था। टमाटर की चेतना में जीवन और मृत्यु के बीच का अंतर समाप्त हो चुका था। वह मृत्यु में ही जीवन देख रहा था। इसलिए पेड़ के प्रति उसके मन में कोई संवेदना पैदा नहीं हुई। अक्सर ऐसा कई बार जीवन में होता है कि आपके प्रति संसार की संवेदनाएँ समाप्त हो जाती हैं तो एक सीमा पर आकर आपकी भी संसार के प्रति संवेदना खत्म हो जाती है। संवेदनाओं में भी न्यूटन का गुरुत्वाकर्षण का नियम काम करता है।

टमाटर चुपचाप उस मृतप्राय पेड़ को देख रहा था कि अचानक उसके मन के लाल हुए हिस्से में कुछ हलचल हुई। जैसे कि वह किसी दुख की नदी में प्रवेश कर रहा हो। नदी का स्पर्श उसके अस्तित्व को पुनर्जागृत कर रहा था। धीरे-धीरे वह उस पेड़ की तरफ़ बढ़ रहा था। या नदी में गहरे उतर रहा था। उसे अपने पैरों के नीचे की धरती की नमी महसूस हुई। धरती की नमी ने नदी की नमी से मिलकर उसके मन में आँसुओं की नमी पैदा कर दी। यहाँ तीन धाराएँ एक हो गई थीं, नदी की, ज़मीं की और मन की। वह जाकर पेड़ के गले लगा लेकिन अफ़सोस कि पेड़ मर चुका था। उसका तना ठंडा पड़ चुका था। ज़िन्दगी की गर्माहट इंसान, पशु और पेड़ में एक जैसी होती है। उसकी सारी पत्तियाँ मुरझाकर शोकमग्न थीं।

टमाटर की आँखें नम हो गईं। उसे आत्मग्लानि हुई कि उसके बगल का पेड़ मर गया और वह जीते-जी उसे दो शब्द सांत्वना के भी नहीं कह पाया। उसका सर शर्म से झुक गया और तभी देखा कि उसके तन का भी एक हिस्सा लाल हो चुका है। कैसा विचित्र दृश्य है कि मृत से मिलन पर रुका हुआ जीवन गति पा जाता है।

उसे महसूस हुआ कि उसके जिस्म के लाल हुए हिस्से से बहुत दिलफरेब खुशबू आ रही है। वैसे कई पके हुए टमाटरों की खुशबू उसने जीवन में महसूस की है मगर यह खुशबू सबसे अलहदा है। जब खुशबू आत्मा से जाकर टकराती है तो वह झंँकृत हो जाती है। उसकी लय काल की सरहदों को तोड़कर आगे निकलने की कोशिश करती हैं।

अब टमाटर के सामने सबसे बड़ी चुनौती आ गई थी। वह पूरा लाल होना चाहता था। लेकिन उसे यह समझ में नहीं आ रहा था कि ऐसा कैसे हो पाएगा। तभी उसे ख़याल आया कि वह सड़क वाला टमाटर कहीं मिल जाए तो काम बन सकता है। तुरंत यह टमाटर निकल पड़ा सड़क वाले टमाटर को खोजने। सबसे पहले उसे फुटपाथ पर खोजा लेकिन वह नहीं मिला। फिर बाग का टमाटर बाज़ार गया सड़क के टमाटर को खोजने को। कितनी भीड़ होती है बाज़ार में, एक टमाटर के लिए इस भीड़ से गुज़रना किसी युद्धस्थल से गुज़रने से कम नहीं है। बाग का टमाटर सड़क किनारे की दीवार के नीचे पूरी तरह से सतर्क होकर चलने लगा। उसकी एक आँख राहगीरों पर थी, खुद

को बचाने के लिए तो दूसरी आँख सड़क के टमाटर को खोज रही थी। ऐसे कई सड़े-गले टमाटर भी मिले जो अपनी वेदना को किस्मत मानकर लोगों की ठोकरें खा रहे थे। वहाँ से बाग के टमाटर ने उस टमाटर को सिनेमा हॉल, शराबघर और कई रेस्तरांओं में खोजा लेकिन सड़क का टमाटर नहीं मिला। अंतत: थककर वह वापस अपने बाग में आ गया।

जब टमाटर वापस बाग के गेट में घुस रहा था तो ज्यों ही गेट खोलने के लिए उसने हाथ बढ़ाया तो देखा कि हाथ लाल हो चुका है। सड़क के टमाटर की तलाश ने उसके हाथ को लाल कर दिया था। किसी की तलाश ही मुकम्मल बनाती है।

टमाटर ने वापस अपनी टहनी पर जाकर टँगने की सोची तो गज़ब ही हो गया। आज वह अपने पौधे पर नहीं चढ़ पा रहा था। खूब कोशिशों के बाद भी उसे सफलता नहीं मिली तो अंतत: वह पौधे की जड़ के पास ही बैठ गया। आज उसे सर्दी भी लग रही थी। उसे समझ में आया कि टहनी पर रहने वालों और जड़ों के पास रहने वालों के जीवन में कितना अंतर है। उसका थोड़ा-सा हिस्सा लाल होने से बचा था। उसे डर था कि लाल होने के बाद भी वह किसी काम आ पाएगा क्या? तभी उसे सामने पुराना बागवान खड़ा दिखाई दिया। टमाटर ने सोचा कि यह तो मर चुका था। वापस कैसे आ गया? एक विचार कह रहा था कि नहीं मरा है, तुम्हारी यादों में ज़िन्दा है। बागवान का हँसता हुआ चेहरा कितना सुंदर है,उस पर कोई ऐसी जगह नहीं बता सकते हो जहाँ पर झुर्रियाँ न हों। वह धीरे-धीरे टमाटर के नज़दीक आता है। उसे आहिस्ता से हाथ में उठाता है और चल पड़ता है। टमाटर आँखें बंद कर लेता है। वह किसी के हाथों में जाने की यात्रा का सुख महसूस कर रहा था। जब वह आँखें खोलता है तो देखता है कि बागवान उसे एक हाँडी में डाल रहा है टमाटर बहुत खुश हुआ लेकिन उसे यह नहीं समझ में आया कि बागवान तो हमेशा बाग के माली की हाँडी में टमाटर डालता था, आज वह उसे फुटपाथ की उस हाँडी में क्यों डाल रहा है जहाँ पर अक्सर नमक-मिर्च ही उबला करते थे।

चाँद पहलवान

इससे पहले विजय अपने जीवन में किसी नंगे साधु से नहीं मिला था। यूँ कई बार उसने टीवी पर ऐसे साधुओं को देखा ज़रूर था लेकिन यह तजुर्बा तो उसे कतई नहीं था कि अचानक कोई नंगा साधु सामने आ जाए तो क्या करना चाहिए? नज़रें उसके शरीर के किस हिस्से पर टिकाकर रखनी चाहिए? और बातों में नंगापन होना चाहिए या नहीं? ऐसे सवालों से उसका पहली बार सामना होने वाला था। इस चाँदनी रात में जब वह अपने दोस्त के साथ रेगिस्तान की तरफ़ जा रहा था तो बिलकुल चुप था। ऐसा अक्सर होता नहीं था कि वह कहीं पर भी इतनी देर तक चुप रहे।

हालाँकि विजय इस गाँव का नहीं है। यहाँ पर उसके दोस्त सुधीर का घर है। वे दोनों विश्वविद्यालय में साथ पढ़ते हैं। पढ़ते क्या हैं, आवारागर्दी करते हैं। उन्हें किताब पढ़ते हुए तो आज तक किसी ने देखा नहीं था। परीक्षा में पेपर लिखने जाने को 'हनीमून पर जाना' कहते हैं क्योंकि वे जानते हैं कि परीक्षा हॉल में वे तीन घंटे चाहे सोते रहें लेकिन अंत में वे अपनी कॉपी बदल देंगे। उनकी कॉपी किसी लड़की की सुंदर हस्तलिपि में हमेशा तैयार रहती है क्योंकि परीक्षा के प्रश्न गुरुजी पेपर में लिखने से पहले ही उनको बता देते हैं। हालाँकि वे उन तुच्छे लोगों में से नहीं हैं जो बच्चों को परीक्षा से पहले प्रश्न बताकर वसूली करते हैं। ऐसी वसूली पर मज़े करने वाले लोगों की तादाद काफ़ी हो गई है। वे विश्वविद्यालय के सड़े हुए ढाँचों पर मच्छरों की तरह मंडराते रहते हैं।

एक सुबह की बात है कि इन दोनों के साथ इसी किस्म के 'आईटम लोग' चाय की थड़ी पर बैठे थे। चाय के साथ ही इनके 'फेंकने' का दौर भी शुरू हो जाता है। कोई नया आदमी मंडली के पास बैठ जाए तो अंदाज़ा नहीं लगा सकता कि कौन-सी बातें सच हैं और कौन-सी झूठीं। इनकी ज़िन्दगी का कुल

हासिल भी यही है कि ये झूठ को सच की तरह बोलने का हुनर सीख गए हैं।

सुधीर, जो बातों में कम हिस्सा लेता है और मारपीट को ही अपना मुख्य एरिया मानता है। आज नामालूम उसके दिमाग में ऐसा क्या फितूर चढ़ा कि सुबह से ही किसी 'चंँदू महात्मा' के किस्से सुना रहा है। दुनिया के किसी भी मसले की बातें चल रही हों, वह घुमा-फिराकर चंँदू महात्मा का ज़िक्र ले ही आता है। पहली बार जब इसका ज़िक्र आया तो सारे लोगों ने बड़े उत्साह से सुना। चंँदू महात्मा की नंगा रहने वाली बात पर तो सब पेट पकड़कर हँसने लगे। कइयों ने तो पूछ ही डाला कि क्या तुमने देखा है? जब उसने कहा कि वह उसे कई बार देख चुका है तो फिर नए सवाल उसके गुप्तांगों के आकार से संबंधित होने लगे। लेकिन चर्चा की भी सीमा होती है। कितनी भी रसभरी बात हो, एक सीमा के बाद नीरस हो जाती है। जिस चंँदू महात्मा के नाम से मंडली में हँसी के फव्वारे छूटे थे, अब उसकी चर्चा से लोगों को ऐसा लगता है कि जैसे चंँदू महात्मा के नग्न शरीर से अजीब किस्म की बू आ रही हो। वे उस चर्चा को जितनी कम पसंद कर रहे थे, सुधीर की उसको सुनाने की उतनी ही ज़िद बढ़ रही थी। यह ठीक वैसी ही बात थी कि पर्दों की बातें अक्सर तूफ़ानों में फटती हैं। जब उन्होंने उसकी बात पर गौर करना बंद कर दिया तो सुधीर ने सबको चैलेंज दिया कि हिम्मत है तो उसके गाँव चलकर खुद देख लें। अब कौन जाए उसके गाँव ऐसी तस्दीक करने। वैसे भी, अगर सुबह की बैठकी वाले इन लोगों ने बातों की तस्दीक करने निकल जाने का दस्तूर रखा होता तो अब तक धरती के कई चक्कर हो चुके होते।

मंडली में जब भी कोई इस किस्म की बोरिंगनेस आती है या फिर चुप्पी का दौर शुरू होता है तो विजय कोई ऐसी प्रेम कहानी सुनाने लगता है जिसका कभी अंत ही नहीं होता। यहाँ जितने भी लोग चाय पीने बैठते हैं उनमें से किसी ने भी शायद ही कभी प्रेम किया हो। फिर भी उन्हें प्रेम कहानियाँ सुनने में बड़ा मज़ा आता है। आज भी सबने ऐसी ही एक कहानी सुनी और जब बैठक का समापन हुआ तो अंत में सुधीर ने यह जुमला जड़ दिया कि चाहे जो भी हो लेकिन चंँदू पहलवान जैसी प्रेम कहानी किसी की नहीं है। बैठक का अंत भी इस बोरिंग बात से हुआ।

दिनभर सुधीर और विजय कहीं भी खाक छानते रहें लेकिन रात को दोनों साथ सोते थे। हॉस्टल में उनका एक कमरा तय था जिसमें एक बैड के

अलावा कभी कोई सामान नहीं रखा गया। इस कमरे की एक खासियत यह भी मानी जाती थी कि जब से ये आए हैं तब से कमरे को ताला नहीं लगा। इस मसले पर ये दोनों कहा करते थे कि शेरों के घरों पर कभी ताले नहीं लगते। जबकि बाकी लोग कहते थे कि जिस कमरे में सिर्फ़ बैड ही हों, वहाँ पर चोर क्या झक मारेंगे। वैसे हॉस्टल के चोर तो अंडरवियर तक चुराने में माहिर होते हैं।

हाँ, अंडरवियर की बात से याद आया कि विजय ने जीवन में कभी अंडरवियर नहीं पहना। इस पर माजरा यह कि वह रात को पैंट खोलकर भी सोता। कुछ छोरे कहते कि ''विजय भाई, आप नंगे सोते हैं ना, इसलिए चोर नहीं आते होंगे।'' विजय जो हर वाक्य के पहले एक गाली का इस्तेमाल करता और फिर कहता, ''सारी दुनिया नंगी रहने लग जाए तो क्या संसार में चोरी बंद हो जाएगी ?''

इस सवाल का जवाब आज तक कोई नहीं दे पाया।

रात के करीब तीन बज चुके हैं लेकिन विजय को नींद नहीं आ रही थी। ऐसा तो कभी होता ही नहीं है कि एक चारपाई पर रोज़ साथ सोने वाले दो लोगों में से एक को नींद आ जाए और दूसरे को इसका अहसास ही नहीं हो। फिर ये दोनों थे भी जिगरी यार। साँसों से ही एक-दूसरे के अहसासों को भाँप लेते थे। सुधीर को यह मालूम हो गया था कि भाई के दिमाग में कुछ गड़बड़ है।

सुधीर ने खड़े होकर बल्ब जलाया और पूछा, ''भाई, पेट दर्द कर रहा है क्या ?''

''मैं गर्भवती तो हूँ नहीं कि पेट दर्द करता हो,'' विजय ने अकड़ में कहा।

सुधीर कभी उसकी बात पर गुस्सा नहीं होता क्योंकि इसकी बोली ही ऐसी है कि प्रेम से बोलेगा तो भी लगेगा कि सर पर लट्टू मारा है।

कुछ देर तक कमरे में फिर से वैसी ही शांति रही। उनकी साँसों की आवाज़ों के अतिरिक्त शायद ही कुछ सुनाई दे रहा हो। आस-पास भी सब कुछ खामोश था। सारे लड़के इस वक्त सो जाते हैं। कुछ पीकर सो जाते हैं तो कुछ सुबह से पढ़ते हुए थककर सो जाते। इस बार सुधीर ने धीरे से अपना हाथ उसके पेट पर बिलकुल नाड़े से ऊपर और नाभि के नीचे वाली जगह पर रखा।

हाथ रखते ही विजय ने पेट को इतना खींचकर टाइट कर लिया था जैसे कि कोई डामर की सीधी सड़क हो। हो सकता है कि उसको गुदगुदी हो रही हो, कहीं हँसी आ जाए तो सारी गंभीरता पलभर में खाक हो जाएगी। दूसरा भी कोई कारण हो सकता है लेकिन यह कारण तो बिलकुल ही नहीं रहा था कि विजय को ऐसा लगता हो कि कहीं सुधीर का हाथ नाड़े से नीचे चला गया तो...। क्योंकि वह यह बात बहुत अच्छी तरह से जानता था कि सुधीर में दुनियाभर के खब्त होंगे लेकिन लौंडेबाज़ी के शौक से कोसों दूर रहता है। विजय जीवन में जिस दिन बिना पैंट खोले सोता है उस दिन निश्चित तौर पर उसका दिल किसी दुख में डूबा हुआ होता है। उनका बगल का पड़ौसी रतन कहा करता है कि विजय चेहरे से तो सारे दर्द छुपा लेता है। रंजभर भी किसी को अहसास नहीं होने देता कि बंदे के दिल में क्या है। लेकिन पिछवाड़े के भावों को नहीं छुपा पाता है। इसलिए दिन में पैंट पहनता है वरना तो उसे नंगे घूमने से भी कोई नहीं रोक सकता।

''यार सुधीर, तेरा वो चँदू महात्मा क्या सच में नंगा रहता है!'' विजय ने करवट बदलते हुए कहा।

''अच्छा। यह बात है। बॉस के दिमाग में तो चँदू महात्मा घुसे हुए थे। पेट दर्द का नाटक करने की क्या ज़रूरत थी। सीधे ही कह देते। वैसे, ख़याल बुरा नहीं है, तेरे भविष्य की राह ऐसी हो सकती है।'' एक राहत की साँस लेकर सुधीर अब नींद की तरफ़ रवाना होने की सोच रहा था क्योंकि उसे यह निश्चित हो गया था कि बंदे को कोई जिस्म की तकलीफ़ नहीं है, ज़ेहन को नंगेपन ने जकड़ रखा है।

''कल चलते हैं आपके गाँव। चँदू महात्मा से मिलेंगे।'' विजय आदेश देकर सो गया।

यह तो तय था कि इन दोनों ने अगर कुछ भी ठान लिया, तो करके ही रहेंगे। साथ में, यह भी सच है कि वे ऐसी चीज़ें तय ही नहीं करते थे जिनको पूरा करना मुमकिन न हो। मतलब वे दोनों चल चुके थे सुधीर के गाँव की तरफ़। बस में बैठे योजनाएँ बना रहे थे। सुधीर प्रमुख योजनाकार था और वह उसे बता रहा था कि किसी भी सूरत में घरवालों को यह मालूम नहीं होना चाहिए कि हम लोग चँदू महात्मा से मिलने जा रहे हैं।

चूँकि बस की गति और गाँव की दूरी से यह तय था कि रास्ते में काफ़ी समय लगेगा। इन दोनों की फ़ितरत भी थी कि चुप रहने की बजाय कुछ बातें की जाएँ तो राह आसान हो जाती है। बातें हमेशा की तरह सबसे पहले तो बस में बैठे यात्रियों की जवानियों के बारे में पूर्वानुमान लगाने की हुईं। इसमें महिलाओं के बारे में खूब चटकारे लेकर बातें हुईं लेकिन इनके मुताबिक बस में ऐसी कोई हुस्न की परी नहीं थी जिसके बारे में वे अपना महँगा वक्त ज़ाया करें।

''भाई साब, आपने पहला सेक्स कब किया था?'' विजय ने अनेक बार पूछे गए सवाल को आज फिर से पूछा क्योंकि वह जानता था कि सुधीर इस सवाल का जवाब बड़े उत्साह और रचनात्मक तरीके से देता है।

यह बात सच है कि सुधीर को बहुत पहले अहसास हो गया था कि उसके पहले सेक्स के बारे में पूछने वाले सारे लोग मज़ाक करने या फिर कान सेंकने के लक्ष्य से ही यह सवाल पूछते हैं। फिर भी कभी ऐसा नहीं हुआ कि यह सवाल या ऐसा कोई भी सवाल पूछा गया हो और वह नाराज़ हुआ हो। सवाल से कन्नी काटी हो। यह बात उस दौर की है जब यूनिवर्सिटीज़ में सबसे कम सवाल पूछे जा रहे थे। ऐसे दौर में उसका मानना था कि कोई भी पूछा गया सवाल गलत नहीं होता है। गलत वे ही सवाल होते हैं जो कभी पूछे नहीं जाते हैं। अपनी इसी मान्यता के कारण वह हर सवाल का जवाब देना अपनी ज़िम्मेदारी समझता था। इसलिए इस सवाल का हमेशा जवाब देता था।

सुधीर ने जो पहले सेक्स की कथा सुनाई थी वह आम भारतीय लोगों की तरह बचपन की नासमझ हरकत जैसी थी। उसमें कुछ विशेष नहीं था। बिना समझ का सेक्स एक तरह से जानवराना हरकत के अलावा कुछ नहीं होता, इसलिए मेच्योरिटी का सेक्स ही इंसान को आनंद के उच्चतम स्तर तक ले जा सकता है। मुश्किल से दो मिनट की कथा थी जिसे वह अपने अंदाज़ में न केवल दो घंटे बल्कि दो सदियों तक खींच सकता था। इसमें भी गज़ब की बात यह थी कि वह किसी को बोर नहीं होने देता।

सामने वाला जानता था कि इसके आगे कथा में क्या होना है लेकिन उसकी उत्सुकता बनी रहती थी कि सुधीर कथा को कहीं भी मोड़ सकता था। अगर औरत-मर्द बिस्तर पर सो रहे हों और सुबह से पहले उनके उठने की

कोई उम्मीद नहीं दिखाई दे रही हो तब भी वह रात को ही दोनों को तलाक के लिए वकील के पास भेज सकता है।

वह बस जिसमें ये दोनों सवार थे अब सुधीर के गाँव में आ चुकी थी। जैसा आमतौर पर भारतीय गाँव का बस स्टैण्ड होता है, वैसा ही बस अड्डा इस गाँव का था। कुछ निठल्ले एक जगह ताश खेल रहे थे। कुछ सवारियाँ यात्रा के लिए आई थीं। कुछ लफंगे टाइमपास करने के लिए यहाँ भाभियाँ ताक रहे थे। यूँ तो वे गाँव की लड़कियों को घूरने से भी कभी बाज़ नहीं आए लेकिन कुछ बुजुर्गों ने कह दिया कि बस अड्डे पर आकर गाँव की 'बहन-बेटियों' को घूरते हुए शर्म नहीं आती। उसके बाद उन्हें शर्म आई और वे अब यहाँ पर भाभियों को ताकने आते हैं। भाभियों को घूरने पर इस गाँव में कोई रोक नहीं है। मुझे तो लगता है कि इस पर देश में ही कहीं कोई रोक नहीं है। औरत को एक बार भाभी में तब्दील कर दो और उसके बाद मर्दों को तमाम बदतमीज़ियों का पट्टा मिल जाता है जैसे।

गाँव में इन दोनों का युवाओं में बड़ा क्रेज़ था। देखते ही लड़कों ने घेर लिया और शुरू हो गया बकैती का दौर। सब लड़के चुपचाप सुन रहे थे और ये दोनों पट्टे हाँके जा रहे थे।

''दादा, कौन-सी सिगरेट लाऊँ?'' रितेश ने कहा जो नया-नया जवान हुआ था और हाल ही में इस मंडली को ज्वाइन किया था। वैसे इन दोनों लीडरों से उसकी पहली मुलाकात थी यह।

''अबे। सिगरेट के बच्चे। ठीक से खड़ा हो अपने पैरों पर। दूसरे के सहारे अपना वज़न नहीं ढोया जाता। हमें धुएँ को आसमान में उड़ाने में कोई खुशी नहीं मिलती,'' विजय ने जवाब दिया।

''बिलकुल ठीक दादा,'' रितेश ने अपना हाथ दूसरे लड़के के कंधे से हटाकर खड़े होते हुए कहा।

मंडली में फिर से बातें शुरू हुईं। अब रिपोर्टिंग की बारी थी। इसमें गाँव के छोरों के कारनामों और छोरियों की जवानियों के बारे में विजय बॉस को बताना था। वह जब भी आता है तो यह सेशन ज़रूर होता है। यही इस गाँव के कई लड़कों का सार्वजनिक जीवन में पहले भाषण का समय होता है। वह शुरू में तो कुछ गालियों और जिस्म के अंगों के नाम लेने में शर्माता

है और उनकी जगह 'वह', 'वह' करने लगता है, तभी विजय की डाँट पड़ती है, ''वह क्या बे...तेरी माँ का खसम...।''

इस गाली से लड़के को साहस आता है और वह गले में अटकी हुई बात कह जाता है। एक बार गाली गले से निकली तो गला रवां हो जाता है। इसी तरह से रिपोर्टिंग की आज की बारी अनिल की थी। उसने सब कुछ बताने के बाद एक ऐसी बात छेड़ दी जिसमें सुधीर को बड़ा इंटरेस्ट था और अनिल के अलावा कोई भी उस बात को मानने के लिए तैयार नहीं था। वह अकेला इस बात के समर्थन में था और तर्क दे रहा था कि आज तक अठारह साल की उम्र तक उसकी आँखों ने कोई धोखा नहीं खाया है। विजय को भी इस लड़के की बात पर विश्वास नहीं हो रहा था। फिर भी जब रिपोर्टिंग हो रही थी तो निश्चित रूप से उसे अपने उसूलों पर कायम रखना था। वह रिपोर्टर को बीच में नहीं रोक सकता है। उसके अलावा भी मंडली का कोई व्यक्ति उसे नहीं रोक सकता है। इस अधिकार के कारण नए बच्चे भी यह कार्य करने के लिए खुद को तैयार कर पाते।

अनिल की बाकी रिपोर्टिंग तो चंद ही मिनटों में निपट चुकी थी क्योंकि इन दिनों में गाँव में मंडली में चर्चा करने वाला काम छोरों ने तो कुछ किया ही नहीं था। वे न तो आस-पास के गाँवों के लड़कों से या शहर में कोई ठीक-ठाक मारपीट करके आए थे और न ही किसी का इश्क इतना परवान चढ़ा था जो काबिल-ए-ज़िक्र हो। सारे छोरे तो प्यार के इंतज़ार में तड़प रहे थे। किसी के सावन में बारिश की एक बूँद नहीं थी। इन उजड़े हुए चमनों में कभी किरी की शादी का जुगाड़ बैठता तो वह इंतज़ार की लाइन से कम होता। इसी में वह छोरा तो अपनी मुक्ति मान लेता कि घरवाले जिस लड़की का हाथ पकड़ा दें, उसे पकड़े रहें। चाहे सदियाँ बीत जाएँ, चाहे दुनिया के सारे समाज बहुत आगे निकल जाएँ लेकिन वह यह हाथ नहीं छोड़ेगा। है ना मज़ेदार बात। इस पर विजय अक्सर कहता रहा है कि आने वाली पीढ़ियों को यह सुनकर बड़ी हैरानी होगी कि उनके पुरखे अजीब रिवाज रखते थे। दो घरवाले लोग आपस में अपनी लाभ-हानि का गुणा-भाग करके रिश्ता पक्का कर देते। एक दौर में तो लड़के-लड़की को एक-दूसरे को दिखाया भी नहीं जाता। फिर लोगों ने लड़के-लड़की की तस्वीरों का आदान-प्रदान किया,उसे शादी होने वाले युवाओं को भी दिखाया जाता। घर की कोई बुजुर्ग महिला

तस्वीर दिखाकर उनकी राय जानती तो ‘हाँ’ करने के अलावा उनके पास कोई चारा ही नहीं बचता। फिर दौर बदला तो लड़की-लड़के को दस मिनट के लिए किसी कमरे में अकेले बातचीत करने के लिए छोड़ दिया जाता। अब अनजान लोग क्या बात करते, कुछ रटे-रटाये सवाल होते तो वैसे ही कुछ जवाब होते और हो गई शादी तय। आग के चारों ओर चक्कर लगा लेते और फिर उम्रभर इन दोनों में सेक्स होता रहता। न मर्ज़ी और न ही नामर्ज़ी।

अब मंडली में अनिल ने वह किस्सा बताना शुरू किया कि एक रविवार की रात थी और वह खेत में कुएँ की मोटर चलाने जा रहा था। रात को आजकल बिजली एक ही बार कटती है तो खेत में रुकने की ज़रूरत नहीं थी। मोटर चलाकर घर आकर सो जाना होता है। वह जा रहा था तो अचानक उसे कुछ घुँघरुओं की आवाज़ सुनाई दी। अचानक उसके कान खड़े हो गए। पैर ठिठक गए। जिस्म के रोंगटे खड़े हो गए। इस वक्त आवाज़ कहाँ से आ सकती होगी? ध्यान से सुना तो आवाज़ चँदू महात्मा की कुटिया की तरफ़ से आ रही थी। ऐसी आवाज़ जो औरतों के नाचने की हो। जिसमें एक ही नहीं कई औरतें शामिल हों। उसने काफ़ी देर तक उन आवाज़ों को सुना। वह चाहता था कि जाकर देखा जाए कि इस रात को चँदू महात्मा की कुटिया में क्या हो रहा है लेकिन साहस के अभाव में वह यह कदम नहीं उठा सका। उसके बाद कई लोगों को उसने यह बात बताई तो लोगों ने रात को गाँव से बाहर जाकर घुँघरुओं की आवाज़ को सुना। अनिल की बात सही निकली और महात्मा से जुड़े किस्सों में एक किस्सा यह भी जुड़ गया कि रात को कई औरतें चँदू महात्मा की कुटिया में नाचती हैं।

कहते हैं कि उधर औरतों, बच्चों और शरीफ़ लोगों का कुटिया की तरफ़ जाना तकरीबन मना-सा था। हज़ारों किस्से इस साधु के बारे में इलाके में प्रसिद्ध थे। नाम उसका चँदू महात्मा था। कुछ लोगों का कहना था कि चँदू महात्मा का ताल्लुक किसी जागीरदारी से था और आज़ादी के बाद जब जागीदारी प्रथा खत्म की गई तो अचानक से जागीदार भी देश के सामान्य नागरिक हो गए। उनका सारा रुतबा पलभर में छू-मंतर हो गया था, उस समय एक जागीरदार की जवान बेटी साधुओं की संगत में आई थी और उसी अविवाहित लड़की की औलाद है यह चँदू महात्मा। दूसरे कुछ लोग यह किस्सा भी सुनाते थे कि महात्मा किसी स्वतंत्रता सेनानी का बेटा है जिसने आज़ादी के बाद मुल्क की

दुर्दशा देखी तो संन्यास ले लिया। ये सारे पुरुषों के किस्से थे और पुरुषों में महात्मा को लेकर कोई विशेष आकर्षण नहीं था।

इसी तरह औरतों की दुनिया में भी चँदू महात्मा के किस्से थे लेकिन वे मर्दों की दुनिया से बिलकुल अलहदा थे और रोचक भी कुछ ज़्यादा थे। एक मशहूर किस्सा था कि चँदू महात्मा अपने ज़माने का आला आशिक था। इसके रोम-रोम में इश्क के नग्मे भरे थे लेकिन हर बार कोई माशूका उसे धोखा दे जाती। लेकिन चँदू महात्मा न रोता, न टूटता। उसके चेहरे पर चुटकीभर उदासी भी नहीं होती। वह दूसरे इश्क में लग जाता। जब भी दोस्त इस बारे में उससे सवाल करते तो वह अक्सर कहा करता था कि इश्क में धोखा खाते-खाते ही इंसान एक दिन दार्शनिक बन जाता है। मैं खुद किसी को धोखा नहीं दूँगा, यह मेरा ईमान है। यह जवाब सुनकर उसके दोस्त अगला सवाल करने की हिमाकत नहीं करते।

ऐसे ही एक बार उसे किसी बनिये की बीवी से मोहब्बत हो गई थी। दिन का समय था, सेठजी दुकान पर थे और चँदू महात्मा उस औरत के साथ उसी के घर में बिस्तर पर था। उस दिन सेठजी की दिल की दवा घर पर रह गई थी। वही दवा लेने के लिए सेठजी ने अपने नौकर परेश को भेजा था। परेश घर में सबके मुँह लगा लौंडा था और कोई चीज़ उससे छुपी हुई नहीं थी। हालाँकि परेश का सेठानी की जासूसी करने का कोई इरादा नहीं था। वह तो यही सोचकर कि सामने वाले दरवाज़े से आएगा तो वहाँ बँधा हुआ कुत्ता भौंकेगा और हो सकता है कि सेठानी सो रही हो, बेवजह उसकी नींद खराब होगी। इसी भली नीयत से वह पीछे के दरवाज़े से आ गया। फिर तो उसकी आँखें फटी ही रह गईं कि सेठानी उस समय चँदू के साथ प्राकृतिक अवस्था में थी।

सेठानी ने सोचा कि परेश को लाख समझाओ, करोड़ों लालच दो फिर भी वह सेठजी का इतना वफ़ादार है कि इतना बड़ा सच छुपा नहीं सकता था। यही सब सोचकर सेठानी चिल्लाई और चँदू पर ज़ोर-ज़बर्दस्ती का आरोप लगा दिया। कहते हैं कि वह यह आरोप सहन नहीं कर पाया और 'चँदू' से 'चँदू महात्मा' हो गया।

लेकिन चँदू महात्मा खुद इन सारे किस्सों को सिरे से खारिज़ करता था। लोगों ने जब-जब उससे असली किस्सा जानना चाहा तब-तब वह गाना शुरू

करके बात टाल देता। उसे यह बात कभी समझ में नहीं आई कि लोग उसके अतीत को जानने में इतने उत्सुक क्यों हैं। क्या साधु बनने के बाद भी इंसान का अतीत उसका पीछा नहीं छोड़ता क्योंकि वह पुरानी बातों को भूलने के लिए ही तो साधु बना था वरना तो बचपन से ही साधु उसको विकर्षित करते थे। वह तो जीवन से भागना चाहता था और यहाँ पर उसे निर्लिप्त रहने का नाटक करना पड़ता है। उसने पहले आत्महत्या की भी सोची थी लेकिन उसे यह विश्वास नहीं हो पा रहा था कि क्या मरने के बाद उसका अतीत उसका पीछा छोड़ देगा? लोग तो मरने पर भी उसके अतीत को खोजने की कोशिश करेंगे।

चँदू महात्मा के बारे में एक बात सब लोग जानते थे कि वह जब से 'महात्मा' बना है तब से बिलकुल नंगा रहता है। एड़ी से चोटी तक। यही वजह थी कि उसकी झोंपड़ी की तरफ़ औरतों, बच्चों और शरीफ़ लोगों का जाना तकरीबन बैन-सा था। गाँववालों ने उसके साथ यह समझौता कर लिया था कि वह गाँव में कभी भूलकर भी नहीं घुसेगा। गाँव वालों ने वहीं झोंपड़ी में समय पर राशन-पानी पहुँचाने का वादा कर लिया था। उसके बाद सालों से वह अकेला नंगा इस झोंपड़ी में पड़ा रहता है। उसके पास कई नौजवानों ने अपना अड्डा जमाने की कोशिश की लेकिन वह न तो शराब पीता है और न ही गाँजा। इसलिए इन नौजवानों का अड्डा यहाँ पर नहीं जम पाया। कुछ लोगों ने महात्मा से आशीर्वाद लेने की कोशिश भी की। उनका मानना था कि यह साधु कुछ ऐसी विधियाँ जानता है जिससे व्यक्ति के दुःख दूर हो जाते हैं। जब भी लोगों ने इस तरह की बात उसके सामने रखी तो वह एक ही जवाब देता, ''जब मैं अपना दुःख ही दूर नहीं कर पा रहा हूँ तो तुम लोगों का दुःख दूर कैसे करूँगा। दुःख से मुक्ति का रास्ता तुम्हें स्वयं ही तलाशना होगा।'' इस तरह के जवाब के बाद ज़ाहिर-सी बात है कि लोगों का चँदू महात्मा के प्रति आकर्षण कम हो गया। जो भी इस गाँव का या इससे बाहर के गाँव का व्यक्ति उससे प्रीत या मेलजोल बढ़ाने की कोशिश करता तो वह यह बात तुरंत भाँप जाता और सामने वाले के साथ ऐसा व्यवहार करता कि उसका चँदू महात्मा से मोह भंग हो जाता।

सुधीर यह बात जानता था कि चँदू महात्मा इस दुनिया से दूर भागने की कोशिश कर रहा है लेकिन उसे किसी पार-लौकिक दुनिया पर भी विश्वास नहीं है। शायद उसे इंसानों से नफ़रत हो गई हो लेकिन वह अपनी बातों में ज़ाहिर तो ऐसे करता है कि मानो उसे इंसानों से बहुत प्रेम हो। इंसान से प्रेम

और दूरी का यह खेल तो अभी उसके अलावा कोई नहीं जानता था।

सुधीर जब विजय के साथ अपने घर पहुँचा तो वहाँ पर सामान्य दिनों की तरह लोग अपने-अपने कामों में व्यस्त थे। उसका बाप जिसे वह 'बाबा' कहता है वह शाम के समय खेत में जाने की तैयारी कर रहा था। चूँकि खेत का काम तो उनके यहाँ मज़दूरों से होता है लेकिन बाबा का मानना था कि मज़दूर अकेले में ठीक से काम नहीं करता है। इसलिए वह अगर सामने बैठा रहेगा तो मज़दूर पूरा काम करेगा। वैसे भी बाबा के पास कोई अन्य काम बचा नहीं था सिवाय गाँव में होने वाली कुछ पंचायतों में पंच की भूमिका और घर में मैनेजर के काम के। वह दोनों कामों में अपने को माहिर समझता था और ऐसे दावे करता था कि इन दोनों कामों में उसका मुकाबला करने वाला इस इलाके में तो कम-से-कम पैदा नहीं ही हुआ है। बाबा का नाम पद्म सिंह चौधरी था और सुधीर के अलावा दूसरा बेटा था नवीन उर्फ़ डारा। इस इलाके में जब किसी के नाम के आगे 'उर्फ़' लग जाता है तो समझ लीजिए कि वह कोई छोटी-मोटी गैंग चलाता है। नवीन 'डारा' की भी एक छीना-झपटी गैंग चलती थी। वह रात को कुछ लड़कों के साथ गाँव के बाहर अपनी जीप लेकर घूमता रहता है। कोई राहगीर अकेला गुज़रता है तो उससे कुछ पैसे छीन लेते हैं। नवीन डारा चोरी के आरोप में कुछ समय जेल भी होकर आ गया है।

पद्म सिंह चौधरी का अपने बेटों के साथ यही रिश्ता है कि वे जब भी उसके सामने से गुज़रते हैं तो सिर झुका लेते हैं। इससे चौधरी को लगता है कि बेटे उसके काबू में हैं और बेटों को लगता है कि वे बाप की इज़्ज़त कर रहे हैं। यह संबंध दोनों तरफ़ से बखूबी निभाया जा रहा था। इसके अलावा दोनों पक्षों में कामों और सुख-दुःख को साझा करने की रवायत नहीं थी। विजय जब सुधीर के घर में घुसा तो उसने चौधरी को नमस्कार किया।

विजय को तो रात का इंतज़ार था। सारा घर जब खाना खाकर सो गया तो विजय और सुधीर कुछ देर तो चारपाई पर आसमान के तारे गिनते रहे। वैसे भी वे शहर से आए थे जहाँ पर आसमान में या तो तारे दिखते ही नहीं हैं और दिखते भी हैं तो चंद तारे। यहाँ पर तो पूरा आसमान तारों से भरा पड़ा था। चाँदनी रात में आसमान ऐसा लग रहा था कि जैसे तारों से जड़ी चुनरी हो। थोड़ी देर के इंतज़ार के बाद उन्हें अहसास हो गया था कि घर के सारे लोग सो चुके हैं। सुधीर अपनी चारपाई से उठा और एक पानी की बोतल

भरी। वह दबे पाँव घर का दरवाज़ा खोलकर जब बाहर निकला तो बिना कहे ही विजय भी पीछे चल पड़ा। विजय जानता था कि आज की उनकी रात चँदू महात्मा की कुटिया पर गुज़रनी है।

सारा गाँव नींद के आलम में था। घरों के अंदर की लाइटें लगभग बंद थीं और बाहर एक बल्ब जल रहा था। बाहर के बल्बों की रोशनी में कुछ पतंगे उड़ रहे थे। गाँव के कुत्ते अपनी मस्ती में सो चुके थे। इन दोनों के बारे में शायद कुत्ते जानते थे अन्यथा वे ज़रूर भौंकते। हल्की हवा में पीपल के पत्ते कुछ आवाज़ें कर रहे थे। वे दोनों चुपचाप चले जा रहे थे। गाँव के अंतिम छोर पर एक सरकारी स्कूल था, वहाँ पर भी कुछ रोशनी थी। इस दौरान विजय और सुधीर के बीच में कोई संवाद नहीं हो रहा था लेकिन वे मन में लगभग एक जैसी बातें ही सोच रहे थे। इस सोच में अंतर सिर्फ़ यही था कि सुधीर ने चँदू महात्मा को देख रखा था तो उसके ज़ेहन में महात्मा की छवि स्पष्ट रूप से उभरी हुई थी और विजय ने कभी देखा नहीं था तो उसके मन की छवि कल्पना के आधार पर बनी हुई थी।

अब वे दोनों गाँव के नज़दीक वाले खेतों में आ चुके थे जो यहाँ के ताकतवर लोगों के थे। जो ज़मीन गाँव के आस-पास होती है उस पर हमेशा ही ताकतवर लोगों का कब्ज़ा होता है, यह बात उन्होंने शहर में भी देखी थी। दूर जो सबसे खराब ज़मीन होती है, जो अमूमन कम उपजाऊ या बंजर होती है, वह कमज़ोर लोगों के हिस्से आती है।

''विजय, डरना बिलकुल ही मत।'' सुधीर ने चुप्पी तोड़ते हुए कहा।

''यार ने कभी डरना सीखा ही नहीं है। तुम्हें क्या लगता है कि अंगारों से खेलने वाला आदमी एक बाबा से डर जाएगा।'' विजय ने पूरे आत्मविश्वास के साथ जवाब दिया।

सुधीर को शायद इसी जवाब की आशा थी क्योंकि वह जानता था कि यह बंदा डरने के बाद भी डरने की बात कबूल नहीं करेगा। उसने कहा, ''देखो। चँदू महात्मा हुआ तो क्या हुआ, है तो इंसान ही। कोई भी इंसान किसी के सामने जाते ही अचानक अपने मन के दरवाज़े नहीं खोलता है। यह बात सही है कि वह मुझे जानता है लेकिन ऐसी जान-पहचान तो उसकी सारे गाँव के लोगों के साथ है। कोई भी आज तक वह हकीकत नहीं जान पाया जिसे

जानने के लिए मैं तुझे ले जा रहा हूँ। ऐसा भी नहीं है कि हम रोज़-रोज़ आकर महात्मा का मन जीतने की कोशिश करें। बाबा को अगर मालूम हो गया तो गाँड़ पर चार तो जूते मारेगा और पाँच बरस तक जो गालियाँ देगा, वे अलग से। तुम कोई ऐसा इंतज़ाम करो कि महात्मा अपने आप कथा कहने लगे।''

विजय की हल्की-सी हँसी की आवाज़ आई। वह बोला, ''तुम चिंता क्यों करते हो। तेरे भाई के पास ऐसे-ऐसे दाँव हैं कि महात्मा के मन के दरवाज़े के परखचे उड़ जाएँगे। तुम तो विश्वास नहीं करने की कह रहे हो और मैं तुम से दावा करता हूँ कि यह महात्मा बरसात के थपेड़े खाई हुई सुंदरी की तरह अपनी प्रेम कथा का बखान करेगा। और अगर नहीं किया तो साले को समझ में नहीं आएगा कि जिस्म का कौन-सा अंग तो साबुत है और कौन-से का कचूमर निकल गया।''

''अबे, मारपीट नहीं करनी है। हाथ भी लगा लिया तो गाँव वाले दादागीरी पिछवाड़े में घुसेड़ देंगे। बेटा यह आस्था का मामला है। ऐसा नहीं होता तो तू एक दिन नंगा घूम के दिखा। सारी लटकने वाली चीज़ें लोग तोड़कर हाथ में दे देंगे। ज्यादा स्मार्ट बनने की कोशिश मत करना। ये महात्मा घाट-घाट का पानी पीये होते हैं। मान लो कि महात्मा अपने बारे में तुम्हें कोई झूठी कहानी बना के सुना देगा तो क्या करोगे! इसलिए भेजे को काम में लेना है।'' सुधीर ने इस बात पर पूरा ज़ोर दिया।

सामने एक रेत के टीले पर झोंपड़ी जैसी आकृति दिख रही थी। चाँदनी रात में ऐसा लग रहा था कि वे कोई चित्र देख रहे हों। झोंपड़ी अभी दूर थी लेकिन वह एक लक्ष्य के रूप में उन्हें नज़र आ रही थी। खेत खत्म हो चुके थे और वे एक जोहड़ में प्रवेश कर चुके थे। उनके पैरों को अहसास हो गया था कि वे जिस ज़मीन पर पड़ रहे हैं वह सदियों से नहीं बोई गई है, इसलिए सड़क की तरह कठोर हो चुकी है। जोहड़ में कंटीले तारों की परछाइयाँ दिखाई दीं। उन्हें पगडंडी बहुत साफ़ दिखाई दे रही थी। ऐसे में न तो रास्ता भटकने का कोई संकट था और न ही रास्ते में आने वाले झाड़-झंखाड़ से बचने का संकट था। तभी एक टिटहरी की आवाज़ सुनाई दी। शायद उसने अंडे दे रखे हों और इनके आने की आहट से वह सतर्क हो गई हो। विजय सोच रहा था कि देखो इन पक्षियों को भी अपने बच्चों को इंसानों से बचाने

के लिए कितना संघर्ष करना पड़ता है। रात को ठीक से सो भी नहीं पाते हैं। इंसान को तो अपने बच्चे सिर्फ़ इंसान से ही बचाने होते हैं। कोई भी जंगली जानवर इंसान के बच्चे को शायद बेवजह नहीं खाता होगा। उसे जंगल का कोई अनुभव याद नहीं आ रहा था लेकिन वह इंसान की मक्कारियों के जंगल को बेहतर तरीके से जानता था।

जोहड़ के बीच में एक पक्का तालाब था जिसे पास के कुएँ के पानी से भरा गया था। पानी एकदम साफ़ था जिसमें आसमान की इतनी सुंदर सेल्फ़ी ली गई थी कि आप आसमान और सेल्फ़ी दोनों को एक साथ देखें तो भ्रम में पड़ जाएँ। वे दोनों कुछ देर तक तालाब में चुपचाप आसमान को देखते रहे। तालाब के पास एक बड़ का पेड़ था जिसकी हवा से कभी-कभी तालाब में छोटी-सी लहर उठती तो सेल्फ़ी बिखर-सी जाती लेकिन थोड़े समय बाद लहर शांत हो जाती और सेल्फ़ी अपनी पुरानी स्थिति में यथास्थान ठहर जाती। अचानक विजय को तालाब के बीच में नंगा चँदू महात्मा दिखा। वह एकदम से भौचक्का रह गया। उसने आसमान में देखा तो वहाँ पर वही सितारे थे। इसलिए इसके प्रतिबिंब बनने की संभावना तो खत्म हो गई। एक क्षण के लिए उसके मन में ख़याल आया कि चँदू महात्मा कहीं तालाब के अंदर तो नहीं सो रहा है लेकिन तभी उसे यह महसूस हुआ कि यह प्रतिबिंब तो उसके मन की छवि से बिलकुल मिलता है। मन की छवि तालाब में कैसे उतरी होगी?

विजय उठकर तालाब से दूर हो गया लेकिन उसे लगा कि तालाब उससे दूर नहीं हो पा रहा है, वह उसके साथ आ रहा है। विजय के कदम तेज़ी से उठने लगे। सुधीर को यह समझ में नहीं आया था कि विजय बाबू के तेज़ कदमों की वजह उसके मन में आया तूफ़ान है। उसे लगा कि शायद चँदू महात्मा के पास जाने की उत्सुकता होगी।

अंतत: वे चँदू महात्मा की झोपड़ी के सामने पहुँच गए। झोपड़ी में आग जलने के कारण रोशनी थी। सुधीर ने कहा, ''महात्मा जी, अंदर आ जाएँ?''

''आ जावो।'' अंदर से एक मधुर आवाज़ आई। दोनों बंदे अंदर गए तो सामने एक पतली-सी छरहरी काया का करीब पैंतीस बरस का नौजवान बैठा था जिसके नंगे बदन से कहीं कोई आकर्षण पैदा नहीं होता। चेहरे पर चमक ज़रूर थी, हो सकता है कि यह रोशनी की वजह से हो। बिना किसी इशारे

के दोनों नौजवान नीचे रेत पर बैठ गए। कुछ देर चुप रहने के बाद सुधीर ने चंद शब्दों में विजय का परिचय कराया। चँदू पहलवान मूर्ति की तरह चुपचाप सुन रहा था। उसकी तरफ़ से किसी प्रकार का रिएक्शन न आने के कारण विजय जैसे इंसान के लिए चुप रहना नामुमकिन था।

विजय अपने चिरपरिचित अंदाज़ में बोला, ''बाबा, यार जो सोचा था वैसा कुछ नहीं निकला। मज़ा ही खराब हो गया। ऐसे नंगे होकर तो कोई भी बैठ सकता है।''

''महाराज को ऐसे नहीं बोलते विजय,'' सुधीर ने सामान्य स्वर में कहा।

''बॉस। सबका अपना-अपना अंदाज़ होता है। जैसे महाराज जिस्म से नंगे रहते हैं वैसे हम बातों में नंगे रहते हैं। दोनों ही बेपर्दा हैं। क्यों बाबा ?'' विजय को लगा कि इस बार तो बाबा ज़रूर कुछ रिएक्शन देगा।

लेकिन विजय का अंदाज़ गलत निकला। चँदू महात्मा पर इसका कोई असर नहीं हुआ। उसके बाद विजय ने अपनी बातों के सारे सूत्र इस्तेमाल किए लेकिन कोई कारगर नहीं हुआ। ऐसे में क्या किया जाए! और अंत: में वही पुराना तरीका काम काया कि विजय ने महात्मा को 'मादरचोद' कह डाला। यह शब्द विजय के मुँह से बाहर निकला ही था कि अचानक बिजली की गति से चँदू महात्मा लपके और विजय का गला उसके हाथ में था। किसी को इसका अंदाज़ नहीं था। दबे हुए गले से विजय की आवाज़ निकलनी बंद हो गई, उसकी आँखें बाहर आने लगीं और तड़पते हुए पैरों से ज़मीन में गड्ढे हो रहे थे। सुधीर को मामला समझने में ही कुछ देर लगी फिर उसे लगा कि अगर समय रहते उसने कुछ नहीं किया तब विजय तो गया समझो। पहले तो सुधीर ने महात्मा के हाथों से विजय का गला छुड़ाने की कोशिश की। इसमें कामयाब नहीं हुआ तो उसने महात्मा के अंडकोष को पकड़ लिया। महात्मा उछल पड़ा। विजय मुक्त होते ही कुछ देर तक गहरी साँसें लेता रहा। सुधीर ने महात्मा को छोड़ा तो वह भी ज़मीन पर अधलेटा हाँफ रहा था।

पहली बार महात्मा की आवाज़ सुनाई दी जो बहुत दर्दभरी और गहरी थी। उसकी नज़र झोंपड़ी के ऊपर के गोलाकार हिस्से पर टिकी थी। कहने लगा, ''मेरा असली नाम चाँद पहलवान था। अखाड़े का पहलवान था। अखाड़े की झंडी कभी उतरी नहीं थी। यानी कि किसी ने पछाड़ नहीं मारी थी। इलाके

के बहुत से पहलवान आए लेकिन कोई चित्त न कर पाया। बाप का तो मुझे मालूम नहीं कौन था लेकिन माँ मेरे पैदा होने के कुछ दिनों बाद ही मर गई थी। वह सह नहीं सकी लोगों के बोल कि औलाद का बाप कौन है! और इस दुनिया में बाप होने का पट्टा हासिल करने का रिवाज है, उसके अतिरिक्त सारे बाप नाजायज़ हैं और उनकी औलादें नाजायज़ हैं। इसकी सज़ा औरतों को मिलती है जिसे समाज 'जायज़' मानता है। मेरी माँ ने आत्महत्या की। मुझे पहले तो एक गड़रिये ने पाला फिर उसकी मौत के बाद लोगों की ठोकरें खाते हुए पहलवानी का मुकाम बनाया। यह उस गड़रिये की परवरिश का ही कमाल था कि मेरे अखाड़े की कोई झंडी नहीं उखाड़ पाया था। लेकिन मुझे हमेशा यही अपराधबोध होता रहा है कि अपनी माँ का हत्यारा मैं हूँ। मैं नहीं पैदा होता तो वह ज़िन्दा होती।

काफ़ी बरसों के बाद दूसरी हत्या का गुनाह भी मेरे हिस्से आया। मालूम नहीं कि बगल के गाँव में कब एक लड़की पहलवान बन गई। लोगों को यह भी अज़ीब लगा। लड़कियों का पहलवान बनना किसी को भी मंज़ूर नहीं था। उसके बाप को सारे गाँववाले इस बारे में रोज़ टोकते रहते थे। बाप लड़की को समझाता, मनाता, डराता और मारता लेकिन लड़की नहीं मानी। एक दिन उसके बाप ने एक उपाय सोचा और लड़की को हमारे गाँव में ले आया और ऐलान कर दिया कि वह मेरे से कुश्ती लड़ेगी। अगर हार गई तो हमेशा के लिए पहलवानी छोड़ देगी और अगर जीत गई तो उसे इसकी इजाज़त मिल जाएगी। सारा गाँव जुट गया। पहले पहल तो मैंने मना किया लेकिन फिर लोगों के कहने में आ गया। मैदान में आया और उस दिन मालूम नहीं क्या हुआ कि उस लड़की से मैं हार गया। लोग मायूस हो गए, मुझे नामर्द और मालूम नहीं क्या-क्या कहने लगे। कुछ ने तो यहाँ तक कहा कि नाजायज़ बापों की औलादें ऐसी ही होती हैं। मेरा गुस्सा सातवें आसमान पर था। अखाड़ा गया। मैंने सोचा कि सबसे बदला लूँगा लेकिन अगले दिन ही ख़बर मिली कि उस लड़की की जाति की पंचायत वालों ने मिलकर हत्या कर दी। मुझे लगा कि इस हत्या का अपराधी भी मैं ही हूँ। उस दिन के बाद मैं वहाँ से नंगा निकला और यहाँ आकर चँदू महात्मा हो गया। मैं प्रायश्चित कर रहा हूँ।''

❑❑❑

www.ingramcontent.com/pod-product-compliance
Lightning Source LLC
LaVergne TN
LVHW040017070726
842759LV00026B/501